D0888873

La maudite Québécoise

roman nationaliste

Catalogage avant publication de BAnQ et Bibliothèque et Archives Canada

Locas, Janis
La maudite Québécoise
2e
ISBN 978-2-89031-746-8
ISBN 978-2-89031-753-6 ePub
I. Titre.

PS8623.O23M38 2012 C843'.6 C2012-940293-1
PS9623.O23M38 2012

Nous remercions le Conseil des Arts du Canada ainsi que la Société de développement des entreprises culturelles du Québec de l'aide apportée à notre programme de publication. Nous reconnaissons également l'aide financière du gouvernement du Canada par l'entremise du Fonds du livre du Canada (FLC) pour nos activités d'édition.
Gouvernement du Québec – Programme de crédit d'impôt pour l'édition de livres – Gestion SODEC.

Mise en pages : Raymond Martin
Maquette de la couverture : Raymond Martin
Illustration : Philippe Béha

Distribution :
Canada
Dimedia
539, boul. Lebeau
Saint-Laurent (Québec)
H4N 1S2
Tél. : 514.336.3941
Téléc. : 514.331.3916
general@dimedia.qc.ca

Europe francophone
D.N.M. (Distribution du Nouveau Monde)
30, rue Gay-Lussac
75005 Paris
France
Tél. : (01) 43 54 50 24
Téléc. : (01) 43 54 39 15
www.librairieduquebec.fr
Repr. éditorial en France :
Fulvio Caccia

Dépôt légal : BAnQ et B.A.C., 1er trimestre 2012
Imprimé au Canada

Les Éditions Triptyque
2200, rue Marie-Anne Est
Montréal (Québec), H2H 1N1, Canada
Téléphone : 514.597.1666
Courriel : triptyque@editiontriptyque.com
Site Internet : www.triptyque.qc.ca

Janis Locas

La maudite Québécoise

roman nationaliste

Triptyque

L'auteure remercie le Conseil des Arts du Canada, le Conseil des Arts du Manitoba et le Conseil des Arts de la Ville de Winnipeg, sans le soutien desquels ce projet n'aurait pu être mené à bien.

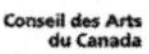

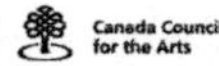

À la petite Marianne, née dans la région M.
À son papa, qui voulait y rester toute la vie.

Il faut désenclaver le Québec.
Zachary Richard

Première partie

L'arrivée

24 juin

Geneviève revient sur ses pas, plutôt bredouille, après avoir marché longtemps.

— Tout est fermé, dit-elle exaspérée à sa colocataire en lui tendant un sac de petits pains. Il n'y avait que le dépanneur du Libanais.

Elle s'assied devant elle et pose un coude sur la table. Une petite fenêtre donnant sur le nord laisse pénétrer beaucoup de chaleur et peu de lumière. Les autres fenêtres, à l'est et à l'ouest de ce long appartement aux pièces en enfilade, saluent quelques rayons qui s'éteignent sur le plancher de bois. En plein milieu du logement, on laisse l'ampoule éteinte pour oublier les poussières qui voltigent.

Sa coloc n'a pas bougé. Elle traîne toujours à table, les cheveux retenus par une grosse pince et les jambes en Indien dans un vieux pyjama. Sans son petit monde agité par le stress des examens, la cuisine a perdu de son ambiance. Les deux autres colocs passent l'été chez leurs parents, à Québec. Il va de soi, dans le monde étudiant, que le bail n'est pas renouvelé pour juillet. Le groupe se disloque doucement et chacun tâche de se trouver de nouveaux amis pour septembre.

La coloc relève son nez d'un journal étendu sur la table depuis deux jours. Derrière l'épaule de Geneviève, le garde-manger vide ordonne de cesser d'espérer. Elle sort un petit pain du sac et y plante les dents.

— Peux-tu croire qu'il a apporté sa confiture à Québec avec lui ?

Geneviève lève les épaules. Celui qui a commis la faute était aussi le plus amusant de la bande. Mais les gens de Québec sont toujours fautifs, c'est connu.

— J'ai trouvé quelque chose dans le journal en t'attendant, poursuit la coloc.

La phrase s'est mêlée au grondement des voitures de la rue Saint-Denis. Le Plateau commence à être coûteux pour les étudiants, aussi se replient-ils vers le nord, de plus en plus près de l'autoroute Métropolitaine. Dans l'esprit, c'est une extension du quartier branché ; dans la lettre, c'est simplement un coin bruyant. Geneviève détourne la tête pour chasser un éclat de soleil qui a réussi le trajet jusqu'à son œil. Elle hausse un sourcil pour prier son amie de s'expliquer.

— La région M, ça te dirait pas ? Regarde. Il y a un poste ouvert au journal *Le Franco*.

— Région M ? C'est quoi, déjà, la grande ville qu'on y trouve ?

— Calgary, non ? C'est l'une des trois régions du Milieu, mais je les confonds. On voyait ça en géographie. Tu devrais appeler. Avec un peu de chance, tu parlerais à la personne qui quitte son poste.

C'est que Geneviève ne retourne pas à l'école en septembre. Juin a fait sonner la fin de son bac en communication, entamé par malheur à une époque où la santé de l'économie permettait aux jeunes de choisir des études sans débouchés. La période « il faut des sciences, ça ouvre les portes » était alors suspendue. Mais après trois ans de perte de temps, comme promis, il n'y avait pas d'emploi. Oh ! il y en avait toujours pour ceux qui avaient séché les cours et pris de l'expérience à la télé ou à la radio. Et puis *La Presse* ou *Télé 7 jours* offraient au moins un stage à ceux qui avaient une maîtrise acceptable de la langue. Les minettes assez dégourdies trouvaient un poste dans les agences de relations publiques. Mais Geneviève avait les fesses un peu larges, une moyenne générale de B et une orthographe souvent défectueuse. Aucun avenir pour elle, donc, dans la métropole.

« Pas grave, je suis prête à aller en région », avait-elle pensé. Mais chacune des régions avait déjà trouvé sa vedette locale en se fichant bien de la horde de communicateurs que l'Université du Québec avait pondus depuis l'an 2000.

Il ne restait plus qu'à s'exporter, comme le déduisait si bien sa colocataire.

La chambre de Geneviève, du côté de la rue, se gonfle de bruit toute la journée et laisse ensuite entrer la chaleur, qui décuple quand tombe le soir. En ce jour de la Saint-Jean-Baptiste, canicule et tumulte se donnent rendez-vous en même temps dans la pièce. Malgré les désagréments, c'est encore son petit coin à elle pour quelques jours. Elle y apporte donc le sans-fil. Elle ferme la fenêtre, baisse le store et retire son chandail. Puis elle téléphone à cette journaliste du *Franco* qui lèvera bientôt le camp d'on ne sait trop où.

28 août

Geneviève choisit l'arrière de l'avion, pour la vue.

Au cours des derniers jours, elle a entassé ses affaires dans un gros sac et répété jusqu'à plus soif qu'on ne la reprendrait plus jamais à loger chez ses parents durant l'été. « Tu es bien blanche, ma fille, a dit cent fois sa mère. Tu devrais profiter de la piscine avant ton départ. Mais lave tes pieds avant. Et referme le divan-lit. Tu es sûre que *La Presse* ne t'aurait pas embauchée ? La région M, ce n'est pas très chic. » Pour se venger, Geneviève n'était pas sortie de la maison une seule fois et avait regardé des films dans le sous-sol en mangeant du pop-corn au caramel dans le divan-lit ouvert jusqu'à ce que l'heure du départ la délivre.

Elle plonge les yeux tout en bas et les laisse sautiller de touffe d'arbres en touffe d'arbres. Cette activité l'occupe deux bonnes heures pendant lesquelles elle se fait servir trois Coke. Puis se brise net le relief du paysage. Geneviève colle le nez contre la vitre. Stupéfiant : le dernier arbre a cédé la place à une surface blonde, lisse et infinie. La frontière ne saurait être plus clairement tracée. « Il n'y a pas d'arbres où je vais », apprend-elle. L'avion fait irrévocablement disparaître les dernières protubérances du Bouclier canadien, puis se pose.

Les quelques passagers sortent au petit trot. « Mais en direction de quoi ? » s'interroge-t-elle. Elle ne se sent en plein cœur de rien du tout, malgré la distance parcourue. « Comment peut-on vivre aussi loin des extrémités ? » Elle attache ses cheveux avec un gros élastique, se permet un long bâillement et sort la dernière, ses lacets traînant autour de ses pieds.

Le pilote lui lance son sac à dos et un gentil *Have a good one !*, comme ça, sur la piste, puis il disparaît. Elle se retrouve seule au centre d'un monde complètement plat, enrobée de soleil trop chaud pour la saison qui meurt. Une vague d'inconfort la remue. La piste est régulière, légèrement farinée d'un sable gris qui se déplace sous le vent. Elle cède quelques minutes à la bouderie, puis ravale sa mauvaise humeur et se dirige vers le bâtiment d'accueil. Malgré les torrents de lumière qui coulent autour d'elle, des gouttes de cafard s'infiltrent dans sa tête.

« Je vais d'abord prendre un taxi jusqu'à l'appartement, se résout-elle. Ensuite, j'appellerai ma mère pour lui dire que tout va comme sur des roulettes. Je ne m'éterniserai pas ici, mais il faut sauver la face quelque temps. Je ne voudrais pas que ma mère sache tout de suite qu'elle avait raison. Ça semble en effet abominable comme endroit. »

Les vapeurs d'asphalte chauffé se répandent sur les petits commerces regroupés en bandes le long du chemin. Ici et là, des géants américains déploient leurs épaules sur des stationnements quasi vides. Des restaurants bariolés rappellent que les hamburgers n'ont jamais eu besoin de cadre enchanteur pour se laisser engloutir. De chaque côté de la route, défilent des néons polychromes ternis par la poussière. Quelques brins d'herbe ont poussé dans les fissures du béton. Le vent décolore le bleu du ciel. « C'est pire que le boulevard des Laurentides », pense-t-elle, sur cette route qui relie l'aéroport au centre-ville.

Après une vingtaine de minutes, le taxi la dépose devant un immeuble bordant une large avenue passante. « Et voilà, mon nouveau foyer se situe au dixième étage de cette mocheté », grognasse-t-elle. Elle passe à la réception pour récupérer sa clé magnétique, puis appelle l'ascenseur, son sac de voyage lui sciant les épaules.

31 août

Trois jours ont passé. Sur le poudreux boulevard Provencher, au coin d'une rue à l'occasion rebaptisée Desserronz, le journal *Le Franco* occupe le rez-de-chaussée d'un immeuble à trois étages. Geneviève vient donner signe de vie une semaine avant l'occupation officielle du poste. Elle observe un instant la façade de béton, puis se jette entre les camions pour atteindre le bon côté de la rue.

Elle tire ses manches sur ses doigts et pousse la porte du *Franco*. Un hall propret aux murs bleu ciel et au tapis plus foncé l'accueille. « Couleurs francophones, bien sûr », pense-t-elle. Dans son imagination, une salle de rédaction était plus gaie, plus sonore. L'éclairage artificiel stagne sous le plafond trop bas et on n'entend que le murmure d'un télécopieur qui reçoit un communiqué. Son regard est vite attiré par une haute pile de journaux. « Nouvelle explication du scandale financier », dit la une.

Un cri s'échappe de l'un des bureaux.

— Francine ! Tu n'as pas transformé les chiffres pour ton article !

— *Eeeh ?* répond sans se presser une autre voix.

Stats Pays compte ½ Franco lorsqu'une personne déclare le français et l'anglais comme langues maternelles. Il faut que tu divises l'ensemble des soi-disant bilingues par deux et que tu les ajoutes à ceux qui se disent francophones uniquement.

Une petite dame aux cheveux blonds, avec un ressort qui semble bondir de son derrière, surgit dans le hall. Elle brandit un feuillet Excel et un guide d'interprétation du recensement en direction d'une porte ouverte.

— *What for?* entend-on de l'autre côté.

— Des plus gros chiffres! hurle l'autre.

Elle retourne dans son bureau, suivie du ressort.

« Tiens, une Québécoise », se dit Geneviève.

— Bonjourrr, fait la réceptionniste, à droite de l'entrée.

Ses grands yeux pâles, cerclés de lunettes blanches, affichent une innocence achevée. Geneviève tressaute; elle aurait juré qu'il n'y avait personne derrière ce comptoir, il y a deux secondes à peine. Denise Labossière, délicate et transparente, s'y trouve pourtant depuis le petit matin.

— *'I. I did not seen you! I 'ave an appointment wit'...*

— Oh! je parle frrrançais.

— *Wit' Miss Gagnon... at ten*, continue Geneviève qui ne sait pas s'il faut dire *Mrs* ou *Ms*.

— Mais je parle frrrançais, répète la jeune fille en souriant. On parle tous frrrançais ici. C'est mon premier langage.

— Je m'excuse, c'est bizarre... votre accent, c'est comme celui des anglophones de Montréal qui ont appris le français... ceux du nord... dans la r... je veux dire plus tard.

Mais la réceptionniste garde son air avenant.

— Non, moi, je viens de Le Havrrre, un village au sud, corrige-t-elle.

— Le Havre? Au sud? dit Geneviève, qui perd ses minces repères géographiques.

— Au sud de la région M, oué, en campagne. On parle frrrançais, là. Enfin, il me semble. On ne sait plus, hein, avec le recensement !

Elle attrape gentiment la main de Geneviève par-dessus le comptoir et lui fait tapoter sa frêle épaule.

— Touche ça... 100 % pur.

— Pur ?

— *Ya, totally*, pur Franco-M !

Geneviève s'en veut tout à coup d'être descendue en plein centre du pays sans en rien connaître, hormis la présence d'un journal francophone. « Mais oui, bon sang, ça veut donc dire qu'il y a de vrais francophones qui traînent par ici ! » réalise-t-elle. Elle tire de nouveau une manche, en retient le bout dans sa paume et se nomme, pour faire diversion.

— Ah ! Geneviève Morin... Il y a aussi des Morin dans la région, dit fièrement la réceptionniste.

— Ah bon. Mais il y a des Morin partout, c'est bien commun comme nom.

L'inflexion de Geneviève fait blêmir la réceptionniste, qui perd un peu de son sourire et détourne les yeux. Pourtant, ce n'était que le ton habituel de la nouvelle arrivante, parfois un peu sec. Denise profite de la confusion pour saisir un petit bout du mépris qu'elle a cru déceler chez l'autre et le ranger du côté des éléments de la vie qu'on déteste en silence. Sa voix se fait plus froide.

— Liza Durand est dans son office, elle attendait pour toi.

7 septembre

Une semaine plus tard, Geneviève met enfin le pied pour de bon au journal. C'est de nouveau jour de publication et la modeste effervescence a quitté le bureau en même temps que l'édition de la semaine. Dans les locaux déserts, commencent à mijoter les sujets de la prochaine semaine.

Le stress est toujours modéré durant la réunion du vendredi matin. Graphiste et directrice oublient qu'elles ont menacé d'en venir aux coups la veille et accueillent avec joie la journaliste pigiste qui couvre les régions éloignées.

« Ça alors, se dit Geneviève, ébahie, en entrant dans la salle de réunion, c'est la revanche du toupet soleil, ici ! » Le toupet que trois millions de Québécoises ont taillé bien carré un matin de l'année 1991, pour le contraindre, par la suite, à s'éclipser dans le reste des cheveux, revient ici en force, plus haut, plus collant que jamais, sur la tête de toutes ses collègues. On s'endimanche pour la sortie du journal.

La région a-t-elle ignoré l'ordre d'abattage du toupet diffusé partout dans les revues de mode ? Ou bien quelques toupets ont-ils fui le Québec pour fonder de nouvelles colonies ? Le toupet aurait-t-il sauté ici l'étape pleine longueur pour passer directement à la frange étagée sertie de bandes multicolores ? Pour le moment, il ne semble annoncer aucune mutation majeure. Il est bien en forme, triomphant, sous une dose de fixatif qui lui fait un ventre bien rond toute la journée.

C'est Francine Lacasse, l'autre journaliste, celle qui ne sait pas présenter de façon astucieuse les résultats du recensement, qui porte le toupet le plus monstrueux. Éclaté dans tous les sens, boulot et grossier, il rappelle la forme de ses bras et de ses mollets. Geneviève scrute sa collègue quelques secondes. « Serais-je aussi grosse qu'elle ? se questionne-t-elle. Par pitié, dites-moi que je ne ressemble pas à ça ! »

— Les filles, je vous présente Geneviève Morin, notre nouvelle journaliste.

La pigiste sursaute. Ses petits yeux bruns s'illuminent.

— Morin ? Tu dois bien être la sœur de Roger ?

— Roger ? Non, je ne suis la sœur de personne. Je... je ne suis pas d'ici.

— La petite sœur de Roger, on la connaît moins, hein ? poursuit la pigiste en regardant les autres.

— Elle a été à l'école française avec ma cousine Gilberrrte, mais c'est vrai qu'on ne la voit pas dans la communauté, dit Denise.

— Avec ma sœur Thérèse aussi, fait Francine.

— Ah oué, han ? Elles étaient au même grade ?

— Oué, oué, toutes la même année que Big Lagimodière, le grand frère de Réal.

« Gilberte, Thérèse, Denise, Francine : jolis prénoms pour des filles de vingt-cinq ans », pense Geneviève. Liza lève les yeux au plafond, remarque une tache, puis ramène l'équipe à l'ordre.

— OK, les filles, on passe à notre agenda ?

Mais un fou rire secoue peu à peu le groupe. C'est la pigiste, Solange, qui se fend la pipe en premier. Si elle accepte de quitter sa terre dorée, le vendredi matin, ce n'est certainement pas pour se laisser angoisser par une Québécoise efficace. Francine se met à ricaner de plus en plus fort, frottant ses yeux qui coulent sous les mèches de son majestueux toupet mope. Denise secoue la tête de gauche à droite et dissimule un mouvement de la bouche derrière ses longs doigts de secrétaire. Geneviève ne saisit ni le sens ni l'origine de ce délire. Francine explique poliment :

— *Forget it.* On aime bien *gossiper. I guess* que tu vas t'habituer.

— On rrrit toujourrrs, ici, ajoute Denise.

Liza sent le ressort gigoter dans son derrière. Elle frappe sur une tasse avec un crayon.

— Geneviève, pour te mettre dans le bain, tu vas nous couvrir la rentrée de l'Association des Francos-M. Je te donne deux semaines, c'est une exception.

Francine soupire de soulagement. C'est avec bonheur qu'elle remet entre les mains de la nouvelle tout le dossier du scandale financier. Le vérificateur général a en effet découvert qu'avant de prendre sa retraite, le recteur de l'Université a offert 50 000 $ par année à ses deux filles pour recruter des étudiants étrangers. Celles-ci se sont installées à Paris, ont complété une maîtrise en histoire et ont convaincu trois amis d'aller passer l'été dans la région M. Pour le reste, rien n'a été fait. Il se trouve que la comptable de l'Association des Francos-M, tante de Francine, siégeait alors au conseil de l'université et que, par conséquent, elle connaissait la situation. Dans une petite communauté, il y a bien sûr risque généralisé de conflits d'intérêts, mais il ne faut pas exagérer.

— Toi, Francine, tu nous fais le « social » de Big Lagimodière, c'est ton genre. Et toi, Solange, dans quel coin reculé est-ce que je t'enverrais bien ? Tiens, fais-moi donc le souper d'automne à Lausanne.

Elle s'interrompt un instant.

— Mais vas-tu finir de rigoler ?

— Je n'ai rien fait ! Arrête donc de me donner de l'attitude ! dit Solange.

Elle échange un clin d'œil avec Denise et on repart pour plusieurs minutes d'un rire frénétique. Geneviève se lève et s'éclipse, laissant ses collègues à cette activité singulière qui ne l'intéresse ni ne l'amuse spécialement.

(21 septembre)
Nouveau départ pour l'AFM
par Geneviève Morin

Démolie dans l'opinion publique et délaissée par son propre personnel, l'Association des Francos-M (AFM) se donne jusqu'en juin pour faire peau neuve.

À six semaines de son assemblée générale annuelle, le conseil d'administration de l'AFM promet la fin des catastrophes et la remise sur pied progressive de l'organisme. « Nous croyons toujours dedans cet organisme et nous voulons passer les prochains neuf mois à regarder à ce qui ne va pas », résume le président.

La démission du directeur général, en août dernier, a complété une débâcle qui avait été amorcée au printemps par la publication dans Le Franco *des résultats d'un sondage portant sur l'organisme. On y reprochait à l'AFM son laxisme, la mauvaise gestion de ses fonds et son manque total d'efficacité politique. L'implication de la comptable dans le scandale financier de l'université et l'impasse du projet de bistro avaient continué à en ternir la réputation.*

Aujourd'hui, le président rappelle l'importance, pour la survivance du fait francophone dans la région, de pouvoir compter sur un organisme porte-parole solide et rassembleur, nourri par l'énergie de ses membres. « Nous avons été demandés de mieux écouter à la communauté et de tous se mettre ensemble avec pour travailler à assurer que l'organisme se rebâtit », déclare-t-il.

Le président de la Grande association nationale des Francos (GAF) félicite chaudement l'AFM de sa volonté de régler la situation et reste positif: « Pour le moment, l'organisme de la région M n'a ni position, ni direction, ni projet, ni crédibilité. Il est improbable que les choses se dégradent. »

Monsieur Alphonse Labbé, bénévole bien connu du milieu agricole, a été mandaté comme directeur intérimaire. « Il faut faire sûr d'avoir quelqu'un de modéré pour ce poste diplomatique. Monsieur Labbé est l'ami de tout le monde et ne se choque jamais. On l'a grandement besoin pour cette période de change. Et puis il n'y avait pas d'autre option », termine le président.

Le conseil d'administration s'engage à tout mettre en œuvre pour trouver une personne compétente avant le début de l'été prochain.

24 septembre

Les bureaux de Francine et de Liza sont séparés par une pièce d'agréable dimension, qui tient lieu de cuisine. On ne saurait dire quelle subvention gouvernementale couvre ce type de dépenses, mais la cuisine est entièrement équipée, du grille-pain au congélateur séparé, en passant par le micro-ondes propre, ce qui n'est pas donné à toutes les entreprises. Un comptoir de céramique et un évier en acier inoxydable ont même été installés l'année dernière. C'est la femme de ménage qui remplit et vide le lave-vaisselle Bosh. Au milieu de cette pièce invisible au public, une table rectangulaire et six chaises identiques invitent les employées à partager leur repas du midi ainsi que leurs petits tracas.

Comme toujours, à midi sonnant, Francine et Denise sont déjà assises l'une devant l'autre. De nature plus solitaire, la graphiste mange toujours chez elle, quelque part dans le carré franco. « Tiens, en début de semaine, on attache les cheveux et on abaisse le toupet », remarque Geneviève, qui entre discrètement dans la pièce.

Elle pose sa boîte à côté de celle de Denise et le regrette aussitôt. Elle aurait préféré ne pas se retrouver devant Francine, sa collègue journaliste. Celle-ci la salue rapidement de l'index et continue de parler. Elle ne s'adressera plus une seule fois à Geneviève, qui doit entendre sans le mériter tous les potins du quartier.

— *Vrrraiment, eh ?* dit Denise de temps à autre.

Vers la fin de l'heure, après épuisement des sujets familiaux, on aborde ceux de la communauté.

— Devine qui j'ai vu au social de Big Lagimodière? dit Francine. *I guess* que tu te rappelles du *boyfriend* de ma sœur ?

— *Oh ya, totally*. J'ai travaillé avec de prrrès pour plusieurs années au Centre culturel.

— Il est sur le *board* du Festival d'été. Il me disait qu'ils ont eu un déficit... *Looots of money*, il paraît, fait-elle en secouant une main.

— *Get out!* J'étais déjà allée, au début.

— Y a pas eu grand monde cette année. Tu me diras qu'un article dans *Le Franco* aurait pu aider.

— Tu étais encorrre sur ton *matenity leave, eh* ?

— *Ya*. Mais surtout, les vedettes qu'ils font venir de l'Est coûtent cher. *So* là, les chances sont qu'il n'y aura pas de festival l'été prochain.

— Dommage. Mais si ça répond plus du tout un besoin...

— *Well*, c'était un beau *get together* pour la communauté. Mais, tu vois, même toi tu n'y vas pas.

— Bah ! on reste autour avec le *camper*, de c'temps-là. Il y a tellement des moustiques parrrtout à un point.

La montre de Geneviève indique qu'il est enfin permis de retourner au travail. Elle envie violemment Claire, la graphiste, d'avoir mangé dans l'isolement le plus complet.

« Bon, demain midi, je ne reste pas ici, décide-t-elle. Je vais trouver un café ouvert sur ce boulevard désert et y manger une soupe en paix. Il y aura des Anglos, mais ce sera moins énervant que cet emmêlement de langues à plus finir. Elles le font exprès, ou quoi ? »

Elle saisit sa boîte à lunch et quitte la cuisine sans mot dire. Derrière son dos, des gloussements de plus en plus intenses.

27 septembre

Trois jours plus tard, Geneviève grignote un sandwich, bien cachée derrière la porte de son bureau. Elle entend de petits cris et des trépignements quelque part dans l'immeuble. Elle tend l'oreille. Cela ne vient pas de la cuisine.

L'Association des Francos-M, organisme censé revendiquer les droits des francophones, se situe juste au-dessus du *Franco*. Cependant, il n'y a jamais de bruit là-dedans. En fait, c'est le tapage de l'autre association, celle des jeunes, un étage plus haut, qu'on parvient à entendre. Eux, ils en font, du boucan. Eux, ils en ont, de sacrées idées. Seulement voilà, ils ne sont que trois.

À 12 h 50, Geneviève interrompt son jeu de patience électronique pour répondre au téléphone.

— Allô, c'est Vincent, de la radio.

De petits papillons troublent instantanément la digestion jusque-là paisible de la jeune fille. Est-ce bien celui dont elle a fait l'étonnante connaissance l'avant-veille ? Est-ce ce jeune homme frisé et irréprochable, qui mange du fast-food et fume des du Maurier ? Elle essaie de prendre une voix détachée.

— Ah ! ouais, ouais. Comment tu as eu mon numéro ?

— Je suis journaliste, moi aussi ! Viens-tu ce soir au Keg ? J'ai dit aux autres qu'il y aurait une nouvelle.

Elle jette un œil sur son calendrier. En effet, c'est déjà jeudi. On commence d'ailleurs à entendre Liza et Claire, stressées au maximum, se hurler des insultes d'un bout à l'autre du bureau. Puisque le journal paraît le vendredi, jeudi est la journée du montage, de l'impression et des disputes de dernière minute. « Boulc'hurun ! Kaoc'h ! » Claire déballe des jurons devant l'originalité desquels doit s'incliner la patronne. Pour les journalistes, c'est plutôt le calme gras, si ce n'était du cyclone ambiant.

— Je vais voir, mais ouan, je pourrais y aller.

— On se retrouve à l'arrêt du bureau de poste et on prend le bus ensemble ?

— Non, je vous retrouve plus tard, c'est à côté de mon appart.

— Oh ! tu habites le centre-ville ?

— Oui.

Il est vrai que les migrants internes habitent le plus souvent du côté des Anglos.

— Pas moi. Je loue une chambre dans le carré franco, dit Vincent.

— Hum, chanceux.

Le quartier de Vincent n'est certes pas celui des fêtards.

— Je sais, c'est vraiment *dull*. Surtout la fin de semaine, les bus ne passent jamais.

— Tu déménageras dans mon bloc si tu veux de l'action, dit Geneviève.

La police est venue la veille ordonner à l'un de ses voisins de cesser son tapage et en a profité pour saisir un petit kilo de marijuana. On peut se tenir au courant en lisant le quotidien anglophone.

— Bon point. En attendant, on se voit tantôt ? termine Vincent.

— C'est ça.

Seul dans la petite salle de nouvelles de la radio, Vincent dépose le combiné et demeure immobile un moment. « Tu déménageras, répète-t-il en grimaçant. Délicate comme un *truck*, cette fille. »

« Ai-je été trop aimable ? » s'inquiète l'autre. Elle ne connaît pas grand-chose à la drague, mais elle sait qu'il faut une bonne dose de désintérêt pour performer dans ce domaine.

*

Vers 18 h, Geneviève quitte son appartement et se retrouve dans l'ascenseur avec cinq personnes bien pansues au visage cratéreux. Elles sourient béatement, les yeux baissés sur leurs Nike troués. Quand Geneviève a fait son choix, depuis Montréal, elle n'aurait jamais cru qu'une majestueuse tour du centre-ville, aux appartements à 750 $ par mois, était fréquentée de la sorte. « Mais qui sont donc ces gens ? » Au troisième étage, deux autres types aux yeux en amande assaillent l'ascenseur déjà plein. L'un retient la porte et fait de la place à l'autre et à ses trois boîtes de pizza vides. Sur le site Internet, on annonçait un garage intérieur, une piscine et un jacuzzi. C'était cher, mais Geneviève s'était dit qu'un peu de luxe la changerait de la rue Saint-Denis. Elle n'était plus étudiante après tout. Or, le jacuzzi débordait de gros enfants qui faisaient pipi dans l'eau chaude et des ombres bizarres grouillaient dans le garage dès 19 h. « Estie, je vais puer la pizza. »

Le Keg est à deux rues seulement. Un restaurant en pierre, avec des abat-jour feutrés, détonne quelque peu dans le voisinage. Les propriétaires ont dû penser, comme Geneviève, qu'ils s'installaient au cœur de l'action, alors que le centre-ville était mort. C'était comme un repère de fonctionnaires, mais déserté même la semaine, même le midi. Toutes les heures de la journée souffraient du même complexe infini d'abandon. Ni boutiques ni bistros n'avaient l'audace de briser une telle uniformité. Et dans le silence du soir, rien n'éveillait non plus les trottoirs, à l'exception de personnages marginaux qui sortaient d'hôtels miteux, une caisse de bière sous le bras. On pouvait percevoir de loin l'écho de reproches adressés à l'alcool ou à l'histoire, tous deux sans pitié pour ces êtres honnis.

Juste avant d'entrer au Keg, Geneviève remarque par la vitre un groupe de lurons de son âge. « Ça doit être les amis de Vincent. Ils sont bien énervés. » Pas qu'elle soit une fille distinguée, mais l'agitation n'est pas son genre.

Debout dans une zone d'ombre, près de la porte, elle consacre quelques secondes à détailler le peloton, qui compte bien une dizaine de figures. Parmi elles, un journaliste anglophone, connu comme Barabbas dans la région, a défait sa cravate à rayures et relevé les manches de sa chemise pour attaquer le morceau. Il s'agit de la menue serveuse aux cheveux ramassés en boule. « *No, no, stay here, stay here* », la supplie-t-il en retenant son coude avec deux doigts. Elle replace une mèche dans son chignon roux, écoute quelques secondes les fadaises du journaliste, replace la mèche qui retombe sans arrêt sur sa nuque et tente une fois de plus de se défaire du célèbre lovelace.

« Quel colon de la retenir comme ça, alors qu'il y a dix mille clients qui attendent. Estie d'Anglo ! » Geneviève s'avance, ne serait-ce que pour faire diversion et libérer la serveuse des mains du journaliste.

— Excellent ! Gen ! On ne t'attendait plus ! beugle Vincent Lesage, le regard appesanti par l'alcool. *Marge, darling, come 'ere, dere is somebody wit' big thirst.*

La serveuse se dégage avec politesse et Vincent invite Geneviève à prendre place à ses côtés.

— Veux-tu une Dry ? Une du Maurier ?

Geneviève considère une dernière fois le groupe avec un soupçon de dédain, chasse une pensée de découragement, puis capitule. Ce sera, en effet, une Dry et une du Maurier, il a tout compris.

À peine s'est-elle installée qu'une jeune femme à la chevelure tourbillonnante se précipite sur Vincent pour lui souffler toutes sortes de secrets langoureux à l'oreille. « Spéciale ou régulière ? », entend la journaliste. Embarrassée au plus haut point, et ne souhaitant pour rien au monde concurrencer cette splendeur aux cheveux en girandole, elle s'absorbe dans des pensées qui circulent au fond du cendrier.

Une autre fille, celle-ci journaliste à Télé-Pays, l'examine du bout de la table. Elle reconnaît le visage rondelet imprimé cette semaine dans *Le Franco* au-dessus d'un article portant sur la désespérante AFM. « C'est donc elle, la nouvelle du *Franco* », observe-t-elle. Toutes les histoires locales susceptibles de mal tourner la passionnent, et cette Geneviève Morin semble avoir du flair pour les dénicher. Avec leur région d'origine, c'est probablement tout ce qu'elles ont en commun. Caroline est mince, énergique et désireuse de séduire l'Anglo, s'il peut renoncer à la serveuse. Sur sa tête se tendent mille antennes blondes, qui jaugent l'évolution de la situation. Entre-temps, elle enlève son pouce de sa bouche luisante et donne la parole à la nouvelle.

— Dis donc, toi, l'experte de l'AFM... Méchante bande de taouins, non ?

— Oh ! je suis gentille dans mon texte. Liza Durand me l'a fait revoir et revoir encore, elle me trouvait trop négative.

Caroline se tourne vers les autres et reçoit des sourires.

— Tu vas t'habituer... On a tous un rôle de promotion ici. Oublie l'objectivité. Oublie la critique. On fait tous du publireportage. Tu es payée pour magnifier les activités communautaires. C'est une grande thérapie de bonheur inventé, fait-elle en levant les bras et en remuant les épaules.

— Tu crois vraiment que mentir, ça les aide ? dit Geneviève.

— Est-ce que ça peut nuire ? interrompt une voix masculine. Ils ont assez de mal comme ça, sans avoir les médias sur le dos.

— Ooh ! Mamadi, dit Caroline. Ça, c'est notre défenseur des Francos-M. Tu mérites mon verre sur la tête, espèce de nigaud !

Les gouttes de bière demeurent entières sur les cheveux du Noir. Mamadi secoue la tête et c'est le bras nu de la jolie Marge qui les reçoit.

— *Caroline baby, the beer goes in the mouth, don't play with it,* dit la serveuse en secouant l'index.

Caroline se trouve très drôle. Elle pousse un cri, avance une omoplate, la recule, lève un doigt et revient sur le sujet.

— Ils vont choisir qui, tu penses, comme nouveau directeur ?

— Je ne connais pas les gens encore. Mais le président de l'AFM avait l'air perdu, dit Geneviève.

Isabelle et ses cheveux en boucles se joignent à la conversation.

— Le président a toujours l'air perdu. Il est directeur de la Caisse populaire, alors il siège au conseil de l'AFM pour garder bonne réputation. C'est bien mal vu de brasser de l'argent quand on est franco. Je parie qu'ils vont laisser monsieur Labbé là. Il n'y a personne d'autre et, vous verrez, il fera l'affaire.

Chef de la bande et relationniste du moribond Festival d'été, Isabelle cède plus facilement au défaitisme que les autres. Sa voix signale que pourrait bientôt s'achever pour elle la perte de temps dans cet endroit qui la démoralise totalement, même si elle s'en défend avec un air angélique quand on la questionne sur le sujet. Qui sait? Peut-être même envisage-t-elle de retourner à 14 $ de l'heure dans une agence de publicité, à condition que ce soit dans le royaume Q.

— Moi, je verrais Mamadi! s'écrie Caroline. C'est Mamadi qu'il faut! Ce serait le premier Franco-M avec des cheveux imperméables!

— Très utile, dans une région où il ne pleut jamais. Je passe mon tour.

— Je ne veux pas te fâcher, Mamadi, mais ce ne sera pas un Africain, déclare Vincent.

Les autres approuvent en laissant glisser un faible « non ».

— Ça alors ! je rêve, ou quoi ? Voici les Francos-M traités de racistes par toute une bande d'anti-Francos-M ! Je vous arrache tous la langue si vous ne me payez pas un *iced tea* tout de suite ! dit le Noir.

Geneviève se demande une seconde s'il n'entend plus à rire. Mais il aurait été expulsé du groupe depuis longtemps s'il avait réellement été chatouilleux à ce point. On ne peut se permettre trop de sérieux à cette table où fausseté, préjugés et idiotie trinquent à qui mieux mieux. « Je commence à comprendre... On peut vraiment dire n'importe quoi ici, mais on ne doit pas s'attendre à des remarques intelligentes de la part des autres. »

La soirée se fraie un passage entre les bouteilles et se dissout dans la fumée qui flotte. Vers la fin, suivant l'habitude, on rappelle avec mélancolie ce qui était si extraordinaire dans l'Est. En effet, comment être heureux sans pouvoir critiquer les chaussures des gens dans le métro, se sortir d'une relation qui n'a jamais commencé ou déplier le programme du Festival de jazz ? Témoin sans oreilles de la conversation, Marge replace les chaises. La règle veut aussi qu'on évite de mentionner les raisons qui nous obligent à rester ici. Car pourquoi n'y retournent-ils pas, dans leur capitale de l'action et de la mode ? La médiocrité ne leur sied peut-être pas si mal, après tout. Isabelle n'a jamais osé placer les orteils dans un bout pointu. Caroline a eu cent fois le cœur brisé par des maîtres du désengagement. Vincent ne connaît rien à la musique. Ce monde vénéré de style, de légèreté et de culture, en ont-ils jamais vraiment fait partie ? C'est si grisant de cracher dans la soupe quand on a erré le ventre vide.

5 octobre

Un petit homme d'une cinquantaine d'années, cheveux pâles et sourire timide, attend dans le hall avec une pile de journaux en équilibre sur les avant-bras. Il porte un pull sans forme qui le fait paraître encore plus court. Geneviève le salue de la tête et file vers le bureau de Liza, qui a exprimé une envie pressante de lui parler.

— Geneviève, je veux te mettre en garde. Tes articles sont corrects, mais il faut que tu changes de ton.

La patronne est gentille, mais ferme. On en est au quatrième article. Jamais les lecteurs ne se plaindraient, au risque de mettre l'éditrice dans l'embarras. De plus, ils ont l'habitude de l'inexpérience chronique des journalistes du *Franco*, qui se relaient sans cesse depuis des années. Et surtout, l'indulgence habite leur œil de génération en génération. Mais les mots font mal, surtout quand ils sont écrits au sujet de nos proches, dans notre propre journal, fondé soixante ans avant même la naissance de cette petite Morin qui ridiculise leurs efforts sans aucune miséricorde. Liza interdira toujours le manque de respect envers les Francos. Si ses employées peuvent éviter de verser leur encre mesquine dans les cœurs déjà endoloris de ses amis, elle aura rempli sa mission.

— Je sais quelle impression tu as, dit-elle. On a tous la même quand on arrive. Mais prends du recul avant de sauter dans le brancard. Les journalistes du *Franco* ont toujours mauvaise réputation. Ils arrivent ici complètement ignorants de la situation. Et ils se mettent en tête de montrer aux autres comment on vit en français. Et ils repartent sans avoir accompli quoi que ce soit. Et ils sont remplacés par d'autres...

Liza fait une petite pause et termine :

— Comme toi.

La journaliste rougit de haut en bas, mise à nue. Elle sait exactement de quoi parle Liza. Il y a ici de quoi satisfaire pendant un siècle cette envie de démolition humaine qui accompagne les grands abattus de l'Est. Et les rires d'encouragement des Backbiteurs, la bande à Isabelle, lorsqu'elle dit ou écrit des sottises sur les Francos, la maintiennent au-dessus de la dépression nerveuse. Son dernier article lui a valu un courriel de félicitations d'une lectrice désormais assidue, Caroline, de Télé-Pays. Elle s'est tapé sur les cuisses, hier, au Keg, avant de couronner Geneviève reine de la vilenie. L'article portait sur une banale tournée de consultations sur l'avenir des langes officielles, mais diffusait avec finesse une dose concluante d'arrogance et de mépris.

Geneviève baisse les yeux. Ce n'est pas de la honte, mais une espèce de haut-le-cœur. Elle décolle une mèche de son front humide. Le vendredi n'est pas sa journée. La mise sous presse du journal tue les poussées d'adrénaline qui la secouent de temps en temps et elle a franchement trop bu la veille. Elle retrouve cet ennui nauséeux dont elle ne se débarrasse jamais bien longtemps.

— Allons, ça ira, la grande, s'empresse d'ajouter Liza.

Elle ne voudrait certainement pas que sa recrue mette les voiles. Elle la couvre d'un regard honnêtement tendre et change de sujet.

— Tu sais, si tu as des projets personnels, c'est l'endroit de rêve. Tout est possible, ici. Tout est vraiment possible. Ils te donneront ta chance. Ils sont généreux.

Bong ! le ressort la propulse de sa chaise.

— En attendant, tu me couvres les éoliennes du Havre, OK ?

— OK, OK. En passant, il y a quelqu'un dans l'entrée. Le livreur de journaux, ou l'homme à tout faire, je sais pas.

Liza lève un sourcil et passe la tête dans le couloir.

— Pauvre toi, ce n'est pas le livreur ! C'est monsieur Labbé ! Hein, monsieur Labbé ? Venez donc, venez donc ! C'est le directeur de l'AFM ! Comment, tu ne l'as pas encore rencontré ? Il vient toujours dire bonjour, le vendredi matin. Il prend des journaux et il va les porter aux employés de l'immeuble. C'est-ti donc fin, hein ? Venez, venez, fait-elle comme à un minet.

Monsieur Labbé, un peu mal à l'aise, dépose ses journaux sur le comptoir de Denise et s'approche. Geneviève a écrit l'article sur l'AFM sans même savoir qui il était. Qu'à cela ne tienne, puisqu'il était parti aider sa sœur, dans les terres, à attacher ses ballots. La méthode de travail de Geneviève demeure tout de même assez inusitée dans le monde du journalisme.

— Monsieur Labbé, voici Geneviève Morin, notre nouvelle journaliste, dit Liza.

— Oh ! une Morin... Seriez-vous la fille du juge ? demande-t-il avec respect.

— Non, non. Je viens du Québec.

— Ah! c'est bien dommage. Vous savez, monsieur Morin est un grand homme.

— Mon doux, monsieur Labbé, on le croirait mort, à vous entendre! s'exclame Liza. Un peu de pep, allons!

Elle lui secoue l'épaule en riant. Il en perd l'équilibre et recule un pied, qui s'empêtre dans le tapis bleu. Liza, qui ne cherchait pas à lui faire de mal, continue d'un air grave :

— Monsieur Labbé gère de gros dossiers en ce moment.

— Oh! fait-il humblement en levant les paumes.

— Non, non, sans blague. Il est débordé, monsieur Labbé. Il est là par intérim et paf! il tombe sur l'année du bistro, des élections ratées, du scandale financier. C'est fou, quand même.

— Sans compter les résultats du recensement, ajoute Geneviève.

Elle reçoit un doux regard de réprobation.

— Tout finit toujours par tomber en place, assure monsieur Labbé.

— Ça, c'est sûr, appuie Liza qui ne sait que répondre à cette grande vérité. Bon, allez porter vos journaux et ne lâchez pas!

Geneviève observe un moment le petit monsieur s'éloigner. Il reprend ses journaux en chantonnant, puis s'engouffre dans la cage d'escalier. On l'entend fredonner « Je ferais tout », une chanson de l'Acadien Wilfred LeBouthillier. Geneviève porte soudain la main à son cœur et se rassied. Elle réalise avec effarement qu'elle n'a jamais eu de « projet personnel » jusqu'à ce jour.

13 octobre

Pour aller au Havre, au sud-ouest, il faut prendre la route rurale #2, au-dessous de la route Trans-Pays, qui est laide au plus haut degré. La route #2, par contre, pour les rares qui la connaissent, car c'est un détour quand on veut se rendre rapidement dans la région voisine, est un chemin de paix. Parsemée de ballots de foin doré et de hauts silos, la plaine a été épargnée par cette main humaine qui a tout enlaidi au centre du pays. On n'y retrouve rien des stations d'essence, des affiches décolorées et des fossés qui bordent la Trans-Pays et qui font la mauvaise réputation des Prairies. Sur la route nationale, les camionneurs s'endorment au volant, hypnotisés par la rectitude du trajet, et les touristes pestent contre la monotonie du paysage. Mais fendre le pays à toute allure sans goûter quelques minutes le charme de la #2 n'est qu'une façon de rater ses vacances. Car dans ce petit coin de bonheur, où la rurbanisation ne s'est pas rendue, la région M a préservé l'éclat de la rencontre du bleu et du jaune. C'est exactement ici que s'embrassent, sans trop de témoins, le ciel et les champs de blé, sous la lumière faiblarde de l'automne, qui n'agresse ni les yeux ni les couleurs. Si Geneviève était peintre, elle ajouterait simplement un peu de rouge au paysage. Malheureusement, cette phrase n'est pas d'elle. Elle l'a lue quelque part. Bref, il ne manque jamais que le rouge, qui arrive un peu tard, faisant rapidement basculer le ciel et le blé dans l'ombre. Mais pour le moment, il n'est que 14 h.

Geneviève a gardé la camionnette du *Franco* et invité Vincent Lesage à faire le trajet avec elle. « Un rapprochement qui a l'air aussi innocent que logique », s'est-elle dit, puisqu'ils couvrent tous deux l'événement. Il a pris soin d'égayer le départ avec une odeur de *cinnamon buns* de chez Robin's et un disque des Cowboys Fringants. À mi-chemin, elle se surprend à penser qu'elle aurait finalement préféré être seule. Le bagout de Vincent, ses blagues et ses miettes ne cadrent pas du tout avec l'ambiance, dont elle aurait pu profiter pour se refaire une santé mentale. Il y a dans ce bout de pays délaissé une sérénité qui va droit à l'âme si l'on s'autorise ce genre de thérapie.

En fouillant dans le sac de Geneviève pour lui voler une cigarette, Vincent met la main sur quelques feuilles pliées.

— C'est quoi, ça, ton journal intime ?

— Ah, touche pas. C'est des notes. Sur les différences entre l'Est et ici. J'ai peut-être… un genre de projet.

Vincent allume sa cigarette.

— Je ne suis pas convaincu que ce soit très original. As-tu lu *Désespoir au centre-vide* ? Il me semble qu'il y a un passage là-dessus. Oui, oui, il y en a un. Je te passerai le livre. Et il a été écrit il y a au moins dix ans. Alors, tu vois, ce n'est pas parce qu'on vient ici et qu'on découvre des choses qu'elles sont nouvelles.

— Les gens qui disent que tout a été fait ne font jamais rien. Il y a toujours moyen de dire les choses autrement. Puis ton livre de déprime ne m'intéresse pas.

— Non, non, lis-le, c'est tripant, c'est un bandit francophone capturé par un prof d'immersion qui le fouette avec une ceinture fléchée.

— N'importe quoi. Je ne lirai pas ça. Je ne connais pas les auteurs d'ici.

— Bien, t'iras pas loin avec ton idée de livre.

— OK, OK, peu importe.

— Tu nous évites le coup du livre dans le livre, au moins, promis ?

La discussion est close. On atteint aussitôt le village.

Le Havre célèbre aujourd'hui la nouvelle du siècle : on hébergera ici le plus grand parc éolien d'Amérique. Même le premier ministre y est, pour annoncer la construction de quatre-vingts aérogénérateurs qui produiront 100 mégawatts d'énergie propre. « *A wind-wind situation* », lance-t-il en plaisantant aux villageois rassemblés. En guise d'excuse, ce vent infatigable, dont les aiguilles persécutent bêtes et hommes toute l'année, devient à la stupéfaction générale un moteur de développement économique.

— Je vais appartenir trois grosses tours sur ma terre, se réjouit un vieil agriculteur. C'est actuellement des bons bénéfices, ça !

Geneviève fait un clin d'œil à Vincent et note les paroles sur une feuille qui s'envole aussitôt. Le jeune homme a les yeux égarés dans ses cheveux qui pirouettent en tous sens. Les pans de son veston ouvert, maintenus vers l'arrière, découvrent une chemise défraîchie, couverte de petites taches blanches. Son micro ne capte qu'un long « Fffffff ».

Geneviève s'adresse au maire du village. Des deux cents emplois créés pour la construction du parc, seulement cinq subsisteront après coup pour la gestion du site. Croit-il que les francophones du coin pourront s'en prévaloir ?

— À ce point-ci, c'est un problème qu'il faut regarder à. Il faudrait ramener nos jeunes, qui ont tous parti pour la grande ville. Nous ferons certains de circuler l'information. Et si on l'a de besoin, eh bien, nous irons chercher des francophones dans l'Est ! s'exclame le maire avec optimisme.

Devant lui, une vingtaine de têtes grises l'approuvent. Si l'exode se poursuit, leur village si riche en patrimoine français, qui a mis au monde un chanteur international, le premier abbé bilingue et un animateur de télévision récemment décédé à Montréal, pourrait bientôt devenir *The Lost Haven*. Mais elles aimeraient par-dessus tout voir revenir un petit-fils ou une petite-fille dans le secteur.

Après la période réservée aux questions des journalistes, le maire invite les paroissiens à se rendre au centre récréatif pour un banquet. Le terme « souper communautaire » aurait été plus juste. Geneviève ne se serait pas empressée d'accepter l'invitation pour des boulettes purée et des carottes conserve.

— Arrête, un petit pain rond et un verre de vin, c'est toujours bon, dit Vincent. Et puis cette communauté de grands-pères et de grands-mères est gentille comme tout.

Le maire porte un toast aux « tours à vent » et surtout aux cinquante ans de mariage de trois couples présents. On applaudit à tout rompre.

Durant le repas, les deux étrangers sont amicalement interrogés par leurs voisins de table.

— Oh ! Laval, ce doit être bien beau ! dit une vieille jamais sortie de la région.

— Connaissez-vous monsieur Leblanc ? demande une autre. Il habite par là, je pense.

— Qui sait, rêve une troisième, vous êtes peut-être parente de loin avec nos bons Morin à nous ?

On avale rapidement le gâteau tout de rose décoré en évoquant diabète et brûlures d'estomac, puis on fait place à un traditionnel *two-step*. Dès que « Chattahoochee », de Alan Jackson, se fait entendre dans l'appareil apporté par le maire, le plancher se remplit de couples refaisant mollement des pas connus depuis l'enfance. Le vin aidant, les Québécois s'offrent une leçon accélérée et Vincent fait rire tout le monde avec ses cabrioles. Geneviève épluche ses souvenirs de famille et ne retrouve dans sa tête aucune trace de cette danse aussi française ici qu'inconnue chez elle. Les petits vieux tapent des mains, chantent et plissent des yeux pleins de larmes. Ils n'ont pas eu autant de plaisir depuis des mois. Oh ! ils les adopteraient bien, ces jeunes à la belle parlure. N'ont-ils pas quelque expérience en gestion de parcs ?

La soirée se termine par une bénédiction prononcée par monseigneur Goulet en personne, descendu de la ville pour l'occasion. À leur départ, Geneviève et Vincent se voient offrir un album photo de tous les habitants du Havre. « Nous sommes quatre-vingts… tout autant qu'il y aura de tours à vent ! » dit fièrement une dame qui ressemble comme deux gouttes d'eau à monsieur Labbé, le directeur de l'AFM.

15 octobre

Le lundi suivant démarre au ralenti. Liza est absente, car elle participe à une perte de temps collective encadrée par un de ces consultants qui se chargent à gros frais de planifier la survie des Francos. La réunion a lieu au Centre culturel et rassemble une cinquantaine de chefs de file communautaires.

Au cours de ces dernières années, les subventions du gouvernement fédéral ont nourri une machine de papier géante qu'on appelle aujourd'hui communauté. On ne mesure plus sa performance que par d'obscurs indicateurs dans des rapports de cent pages. Les consultations, rencontres de planification et sessions de travail sont devenues si fréquentes que des personnes très rusées ont eu l'idée de bâtir une carrière complète là-dessus, c'est-à-dire empocher beaucoup d'argent pour rassurer les organismes quant à leur avenir. Il faut dire que le salaire d'au moins cinq cents personnes, employées par ces organismes, dépend directement de la preuve écrite que la communauté « s'épanouit ». Le chagrin, l'emportement, la passion du dernier espoir poussent normalement tout humain menacé par cette chienne d'assimilation (aïe, pas ce mot!) à hurler son désir d'exister. Mais chez les Francos, sous l'effet anesthésiant de nombreuses promesses ministérielles, on écoute des messies de réunion raconter comment un plan stratégique sauvera tout le monde.

Liza est assise au milieu de personnes déterminées à jouer le jeu qu'il faudra pour démontrer que les leurs vivent encore et qu'ils sont, chacun dans son domaine, les candidats parfaits à une aide financière supplémentaire. Le consultant d'aujourd'hui leur arrive bien sûr de la Grande Région et porte un grand « O » dans le milieu du front. Il explique à tous ces condamnés réunis comment remplir un rapport d'étape pour le ministère qui distribue les enveloppes.

— Voyons, vous devez bien savoir ce qu'est un indicateur de rendement ? Une source de comparaison ? Un résultat intermédiaire ? Bon, allez-y, mes petits moutons, formez des groupes de deux ou trois personnes et tentez de me trouver de beaux exemples de solutions inventives. Les Francos ruraux, mêlez-vous aux Francos urbains, c'est bien. On va y passer la matinée, car j'encaisse tout de même 3 000 $ pour ça. Vous gaspillerez encore deux ou trois jours pour assembler votre ébauche de rapport et tout le monde sera content. N'oubliez pas ma devise : l'efficacité organisationnelle est inversement proportionnelle à la sincérité des cris du cœur.

Liza doit garder une fesse en l'air à cause du ressort. Elle croque le bout de son crayon. Qui peut bien avoir du temps à consacrer à ces bêtises ? Elle ne dirige pas un organisme indolent, elle, mais une petite entreprise qu'elle imagine même un jour rentable. Un journal ne se produit pas tout seul. Elle n'a pas la chance ou l'ambition, comme d'autres, de laisser s'écouler les journées sans trop d'effort. Des tâches précises lui reviennent, inexorablement, toutes les semaines. Le gouvernement peut bien garder ses bonbons s'il faut passer des semaines à les quémander.

De son côté, figée derrière son bureau, Geneviève sombre dans le catastrophisme. Comment a-t-elle pu saboter la soirée de samedi de façon aussi accomplie? «Quelle dinde je fais.» Elle récupère tous les morceaux du Havre, depuis leur arrivée jusqu'au surlendemain, en passant par leur désastreux retour, les examine avec attention et tente de les recoller pour voir si Vincent pourra un jour lui pardonner.

Vers 10 h, elle allume enfin son ordinateur. Le premier message qu'elle trouve dans sa boîte de courriels se lit comme suit:

Salut,

Si vous avez envoyé des fog bugs *dans les derniers jours, envoyez votre liste de choses/demandes.*

Aussi, si vous avez des requêtes, tels, nouveaux softwares, *des* crash course *que vous voulez, me les faire parvenir aussi.*

Je fais un inventaire de vos wish list.

N'hésitez pas de venir me voir.

Francine (responsable pour l'informatique)

Geneviève garde quelques instants les yeux rivés à son écran, éberluée. Qui diable dans ce bureau peut bien envoyer des *fog bugs,* et surtout à qui? Allez donc savoir de quoi il s'agit. Francine Lacasse s'y connaît sans doute davantage en informatique qu'en écriture journalistique, mais elle pourrait avoir pitié des néophytes, surtout ceux qui parlent français. Geneviève, à qui s'offrent pourtant *softwares* et *crash course* gratuits, ne peut songer à aucune «requête» pertinente.

Puis, tout doucement, un sourire et une idée illuminent son visage. « Tiens, tiens. Quel cadeau, en fait, ce matin », pense-t-elle. Elle appuie sur le bouton gauche de sa souris et sélectionne le message, puis le colle sur une page Word vierge. Elle donne à son document le titre « franglais » et le sauvegarde dans un dossier intitulé « projet de livre ». Elle court ensuite, ravie, se chercher une recharge de café.

La cuisine est à trois enjambées de son bureau. Le rituel matinal de Denise inclut de préparer un grand pot de café pour tout le monde. Chacun se sert abondamment sans jamais remercier la réceptionniste. La personne qui trouve le pot vide réprime un juron, et retourne à son bureau sans redémarrer la cafetière.

Ce matin, Francine et Denise profitent de l'absence de la patronne pour traîner à la cuisine. Comme d'habitude, elles règlent des questions cruciales, l'une en face de l'autre. Geneviève les contourne rapidement pour s'emparer du fond du pot et attrape aussi en passant un bout de conversation.

— Moi, j'aime mieux le *spinach dip*. T'sé, celle qui se vend dans le gros *jar*.

— *Oh ! ya. Totally.*

— Mais tu es garantie de mettre du poids avec ça, *do*.

— *Oh ! ya. Totally.*

« Et ça continue », remarque Geneviève, en reprenant le chemin de son bureau. Elle rouvre gaiement son document « franglais » et y ajoute quelques échantillons en attendant le retour de Liza. « Peu importe ce qu'en pense Vincent, c'est très amusant comme passe-temps ! »

9 novembre

Quatre semaines ont passé depuis l'épisode du Havre. Ce matin, Geneviève arrive en retard à la réunion d'équipe, la bouche empâtée et le moral à zéro. Noyée dans la mauvaise bière, elle a suivi les élections jusqu'au bout et assisté à la défaite du Parti Lys, qui détenait le pouvoir depuis dix ans dans l'Est. Puis elle est allée raconter la déconfiture de ses politiciens idolâtrés aux amis du Keg, qui avaient choisi de se rassembler à l'heure habituelle plutôt que de mourir bien informés. Elle s'est réveillée à 9 h, brisée de dégoût et dépossédée des grands rêves qui animèrent jadis sa vie de jeune adulte. Que va devenir sa génération sans espoir de nation autosuffisante, moderne et pacifiste, linguistiquement durable et amie de l'environnement ?

Elle aurait pu prendre un congé de maladie aujourd'hui. C'eût été juste et approprié. Elle aurait dit aux collègues : « Mes amies, me voici souffrante. La vaste et gracieuse illusion sociale dans laquelle j'inscrivais mon propre cheminement depuis dix ans vient d'être anéantie. » Mais elles n'auraient eu aucune idée du virage politique qui se prenait aujourd'hui, d'autant plus que *Deal or No Deal* jouait sur une chaîne américaine la veille. Liza était peut-être au courant de la situation, mais elle était si détachée de l'Est à présent.

Personne au bureau. Une note indique de se rendre à la salle de réunion de l'AFM, à l'étage au-dessus. Cela représente beaucoup d'exercice dans les circonstances. « Mais, se console Geneviève, si quelqu'un peut partager mon deuil, c'est bien monsieur Labbé. Il doit savoir quel genre de perte subit la francophonie aujourd'hui. On jasera. Ça vaudra toujours mieux que Denise, Francine et leur lucidité de carpes égarées. »

Elle gravit donc les marches et se promet un grand verre d'eau à l'arrivée pour soigner son existence et sa bouche pâteuse. Mais monsieur Labbé a d'autres projets en matière de rafraîchissement. Tout sourire au bout de la grande table, il a ouvert une petite bouteille de champagne, dont il conseille à chacun de mélanger le contenu avec du jus d'orange. Jusqu'à présent, tous ont choisi le jus d'orange, sans le champagne, et prennent plaisir à leur verre.

— Oh ! madame Morin, elle nous le prendra nature, celle-là ! lance-t-il en espérant qu'elle le suive dans sa candide débauche.

Geneviève jette un œil autour de la table. Tout l'immeuble y est, même le coloré Réal Lagimodière et les autres jeunes du dernier étage. Ils se remémorent en s'esclaffant certains détails du social de Big. « J'étais vraiment émotionnel. Mon frère, quand même ! Il a pris des bières et il chantait tout fort ! Ça sonnait comme si qu'il n'allait pas survivre l'amour. On était presque concerné. Heureusement, c'est mon oncle qui appartient l'aréna », raconte Réal.

Denise et Francine sont assises côte à côte, derrière leur chic verre de jus. Liza patouille distraitement dans le journal tout chaud que monsieur Labbé vient de distribuer. Mireille Sauvé hoche son toupet de haut en bas pour signifier son accord à la situation. Il s'agit de la catherinette blonde chargée des communications de l'AFM. Elle dépêtre bien souvent monsieur Labbé de situations impossibles grâce à la magie de ses mots, toujours rassurants, toujours spécieusement positifs.

Le champagne pétille de gaieté dans la petite flûte de plastique qu'on tend à Geneviève.

— Volontiers, dit cette dernière dans un relent de bière. Qu'y a-t-il d'extraordinaire ? Un nouveau-né dans la communauté ?

Monsieur Labbé sort un petit papier de sa poche. D'un naturel plutôt coincé, il n'est pas du genre à faire des flaflas, mais c'est lui qui a invité les gens à la fête ce matin. Il surmonte donc sa timidité et leur adresse les quelques mots qu'il a longtemps mûris durant la nuit.

— Je voulais simplement qu'on partage notre grande joie, à tous, de retrouver enfin, dans l'Est, un gouvernement avec qui l'amitié sera plus facile. Nous renouons aujourd'hui sans rancœur avec cette partie du pays qui nous est chère et vitale, mais qui nous a écartés si longtemps. Au sud, au nord, à l'ouest, notre existence a été diminuée, caricaturée, démentie. On nous a qualifiés de souvenir, de construction de l'esprit. Nous osons souhaiter, avec la venue d'une nouvelle équipe, le retour de relations heureuses avec nos concitoyens de l'Est. Leur appui et leur considération nous sont si précieux. À votre santé à tous, et tout spécialement à vous trois, Mireille, Liza et Geneviève, qui incarnez si bien le lien possible entre nos deux régions.

Il adresse un sourire privilégié à Mireille, son employée favorite. Tous lèvent leurs verres, même Francine, qui a terminé son jus et que tout rapprochement avec l'Est ennuie par-dessus tout.

Geneviève est interloquée. Les personnes ici présentes n'aiment pas le Parti Lys. Mais ce parti politique ne représente-t-il pas universellement la protection du français, la survie de la culture et la résistance à la majorité ? N'est-il pas le noyau le plus férocement francophone auquel se rattachent forcément tous les autres combattants du continent ? Existerait-il une membrane perméable qui refoulerait du centre certains groupes jugés chétifs, secondaires ou folkloriques ? Le beau Parti Lys serait-il… dédaigneux ? Méprisant ? Exclusif ?

On aura tout vu. Elle décide de ne confier sa découverte du matin à personne, sauf à Vincent, à qui elle téléphone deux fois en secret durant la journée. Elle en profite pour pleurnicher.

— Notre grande idée de pays est ruinée, Vincent. Qu'est-ce qui a bien pu se passer ? se lamente-t-elle, en plein milieu du pays qu'elle a toujours voulu quitter.

— Je sais, je sais. Tu me l'as répété mille fois avant de t'endormir, hier, lui répond-il.

Le ventre de Geneviève se contracte d'un seul coup lorsqu'elle repense aux jambes chaudes de Vincent sous ses couvertures.

13 novembre

Durant le week-end, Liza s'est brisé la cheville en apprenant à jouer à la ringuette. C'est souvent ce qui se produit lorsqu'on se met dans un état contre nature et qu'on adopte les coutumes farfelues des indigènes. Francine n'est pas à l'aise de quitter la maison plus d'une journée. Elle doit veiller sur ses deux petits et sur l'étanchéité de sa culture. C'est donc la nouvelle arrivée qui participera au Congrès national de la presse française.

— C'est chez les Francatlantiques, cette année. Tu connais ? demande Liza.

Parce que, dans le pays, quoi qu'on en dise, il y a des Francos partout. Geneviève vit chez les Francos-M, c'est-à-dire ceux du Milieu, mais il en existe bien d'autres. Les plus connus sont les Nordi-Francos, les Fransudistes, les Francontinentaux, les Rochophones, les Francatlantiques. Avec l'évolution démographique et le dernier recensement, leur proportion diminue graduellement par rapport à la population totale, mais leur nombre se maintient. Ils forment bon an, mal an un essaim d'un petit million de personnes, disséminées dans tous les coins du pays. Et ils aiment bien se visiter de temps à autre, pour comparer leur situation et échanger quelques trucs. En fait, c'est surtout les dirigeants d'institutions et d'organismes importants qui ont cette chance. Les éditeurs des journaux locaux font partie de ce groupe.

— Qui… qui paie le voyage? demande Geneviève.

— Rassure-toi. Comme toujours, c'est notre bon gouvernement. Tu pars demain.

*

Geneviève profite de la correspondance à Montréal pour s'attabler au petit Moe's de l'aéroport. Il faut se permettre un plaisir particulier lorsqu'on ne dispose que de 45 minutes en terre familiale. Le décor mode qui marie bois rustique, vert bouteille et vieux objets la rend tout de suite heureuse. « C'est identique au Keg, mais comme c'est chez nous, c'est beaucoup mieux. »

Elle s'installe sur une chaise droite et commande une assiette géante de *smoked meat*. Tandis qu'elle attend son plat, un phénomène insolite se produit. Alors qu'elle aurait pensé se fondre anonymement dans la foule, des « Ôte tes doigts de là » et « Passe la moutarde à ton frère » frappent son oreille déshabituée à comprendre les mots qu'elle entend. Au Keg, même quand c'est plein à craquer, son espace n'est jamais envahi par les conversations des autres. La langue anglaise, qu'elle maîtrise si mal, est un simple bruit de fond dès qu'elle n'y prête pas attention. Ici, on capte obligatoirement les mots des gens qui nous entourent, et le sentiment d'être isolé dans la masse devient impossible. On se sent même indiscret. La plupart des gens recherchent, dans la vie, ce genre de phénomène rassurant, mais le partage forcé de son intimité auditive avec ses compatriotes a quelque chose de désagréable quand on en a perdu l'habitude. Geneviève termine sa viande, mais laisse les frites.

Près de la passerelle d'embarquement, la langue anglaise reprend enfin le dessus, étant donné la destination finale. Geneviève choisit tout de même une rangée de fauteuils vides, donnant sur la porte des toilettes, juste en cas. Elle achève sa lecture d'une pièce de théâtre entamée durant l'assemblée annuelle de l'AFM, il y a dix jours, et se réserve un roman du même auteur pour la suite du voyage.

Le deuxième avion se pose à l'une des extrémités absolues du pays, c'est-à-dire l'est de l'Est, un endroit qu'elle n'aurait jamais cru découvrir il y a encore quelques mois, avant son plongeon hors du quartier Villeray. Elle reconnaît timidement sa chance dans le taxi qui longe le littoral atlantique. « Certains Francos ont dû faire tout le tour du pays de cette façon. » En effet, Réal Lagimodière, à la fois membre du Rassemblement sportif national, de la Ligue d'improvisation francophone et du Mouvement politique jeunesse, a réussi à poser le pied dans toutes les régions, et ce, en trois ans seulement. Du côté de Geneviève, qui, parmi sa famille ou ses amis, penserait à visiter la région atlantique quand on peut choisir l'Europe pour le même prix ? Quel gaspillage d'argent ! Tout est bien différent quand c'est le gouvernement qui offre de payer la note. Après tout, les citoyens francophones ont besoin de tisser des liens entre eux, et puis, il n'est jamais inutile de leur avoir fait plaisir quand vient la récolte des votes

L'hôtel se situe à mi-chemin d'une longue pente menant à une tour de pierre, là même où fut capté le premier message transatlantique sans fil au début du XXe siècle. C'est la pointe de terre la plus à l'est de l'Amérique du Nord. Elle est couverte d'une végétation plutôt basse mais gracieuse, variant du fil d'herbe battu par le vent océanique au bouquet d'arbustes camouflant de petits plans de lichen. Devant la tour, sur le bord de la falaise, on observe des oiseaux marins, des baleines et des icebergs. Il faut prendre son temps, mais du temps, il y en a beaucoup dans cette région où la devise officielle est « *Relax, you're on Atlantic time.* »

Après avoir réglé le taxi, Geneviève entre dans le hall de l'hôtel. Un groupe de personnes arrivées par intervalles n'en finissent plus de rire et de se donner de grandes tapes dans le dos, au milieu de valises que personne ne juge urgent de monter aux chambres. Geneviève est rapidement identifiée. Un type de la Grande Région l'approche avec chaleur.

— Alors c'est toi qui remplaces la bonne amie Liza ? Dites donc, ça ne va pas fort, dans votre région ! C'est scandale après scandale, et vos députés francophones se font battre aux élections !

— Ouan, bah, je sais pas trop. Je suis nouvelle là-bas. Je viens du Québec, en fait, poursuit-elle dignement.

Le regard du jeune homme se voile.

— Oh ! je vois, marmonne-t-il, tout à coup lointain. Pas trop déçue de la défaite des Lys ? demande-t-il par politesse avant de rejoindre le groupe.

Geneviève reste toute seule dans son coin.

C'est alors qu'elle se rend compte de l'étonnante réalité : le Québécois n'est pas un Franco. Alors qu'il se pense le roi du continent, une partie de son royaume s'est décrochée au fil des décennies et fait aujourd'hui fi de ses airs de supériorité. Il est demeuré tout-puissant dans un domaine bien circonscrit, et les autres ont tranquillement créé une nuée de petites alliances autour. La notion de francophonie désigne bien la dispersion des francophones dans tout le pays, mais exclut tacitement ceux de la région Q, même s'ils en composent la majorité. De nos jours, pour être un Franco, il faut vivre encerclé de milliers d'Anglos et lutter tous les jours de sa vie contre les désastres du prochain recensement. Sinon, on appartient à l'illustre famille boudée.

Les éditeurs de partout sont donc invités au Congrès de la presse française, sauf ceux de la région Q. Ils bombent un peu trop le torse lorsqu'ils parlent. Et puis que connaissent-ils à l'engagement communautaire ? Au tirage de 500 exemplaires ? À la dépendance au budget publicitaire du fédéral ? Chez eux, de puissantes maisons d'édition, publiant près de deux cents hebdomadaires, se partagent des profits colossaux. Personne n'a envie de leurs superbes conseils ni même de leur présence à une réunion qui se veut avant tout amicale.

Geneviève s'installe dans une chambre proprette, consulte le programme du congrès et s'assoupit sur le canapé. Le congrès débute le lendemain matin. Pendant trois jours, se déroulent des ateliers sur la recherche de clientèles insolites, la prospection de jeunes pas trop mauvais en français et la simplification des textes pour les agriculteurs. Ces ateliers alternent avec de très essentielles périodes de pause, qui permettent aux participants d'assouvir leur besoin désespéré de partager les ennuis. Pour qui publie l'unique journal de langue française de sa région, l'occasion de fraterniser avec des éditeurs de même acabit est rare. Les réunions de travail officielles se doivent donc d'être courtes et surtout assez espacées pour autoriser les échanges désordonnés, voire la franche rigolade.

— Achevez, achevez, lance Laurent, le délégué du Grand Nord, à 16 h pile. Le *screech* ne nous attendra pas toute la soirée.

Après le repas du soir, l'une des chambres de l'hôtel s'ouvre tout spécialement aux dernières discussions sur l'avenir de l'imprimé. Comme on ne se revoit pas avant un an, on repousse la fatigue le plus tard possible et on récupère la forme in extremis quelques heures après. De retour à la maison, on évitera de donner des détails sur cet énigmatique voyage d'affaires. Que l'on se soit gavé au resto ou exténué en réunions, on se fera reprocher d'être parti trop longtemps. « Je vais me faire garrocher les petits dessus de toute façon. Aussi bien arriver épuisé. Une autre rasade de *screech* ! » Décalage horaire et diable au corps, Laurent est toujours le dernier à aller dormir. C'est lui qui garde la clé de la chambre spéciale dans la poche avant de son pantalon cargo. Il est le plus flamboyant des délégués, le plus dégourdi, le plus québécois.

En fait, Geneviève remarque, au fil du congrès, que la moitié des éditeurs pourraient bien camoufler, sous une bonhomie et un vocabulaire empruntés il y a longtemps, une identité étrangement semblable à celle des habitants du royaume Q. Seraient-ils natifs de ce lieu maudit ? Pardonnerait-on leur mauvaise origine aux gens qui choisissent une peau de Franco pour se réincarner ?

Dès le premier après-midi, elle-même s'est ravalée au rang de francophone minoritaire et s'en est vue accueillie différemment. Elle a lissé les parties rocailleuses de sa personnalité, elle a tu ses commentaires déplaisants et vanté les vertus de «sa» communauté. Les Francos, anciens ou nouveaux, ne sont pas assez mesquins pour douter de la bonne foi des gens. Ils ont immédiatement donné sa chance à une personne démontrant un aussi bon esprit de collaboration.

Mais que diraient les Backbiteurs de son petit jeu ? Que dirait Isabelle, gardienne du règlement ? Que dirait Vincent, qui l'a introduite dans le clan ? Ne sabre-t-il pas lui-même de sa personne les traits correspondant mal au profil du parfait Franco ?

Le congrès se termine dans l'euphorie générale par une croisière. Sur le pont, Geneviève observe les petits macareux moines tournoyer au-dessus de la mer en face de leur île de nidification. Leur stratégie vise à étourdir les prédateurs et à ainsi réduire le risque individuel d'être tué. Mais quand on regarde bien, chacun a du mal à s'envoler et multiplie les culbutes à l'atterrissage. Un peu comme les Francos. Leur bec est orange, jaune et bleu. Un peu comme l'âme de Laurent. «Ça va, tu as trouvé ta place dans le groupe ?» demande-t-il en la prenant sur son torse. C'est une démonstration d'affection qui passe presque inaperçue ; autour, les autres s'agglutinent, se flattent, s'ébouriffent les cheveux. C'est l'émotion de l'avant-départ.

«Si que vous seriez un jour alloués à revenir par icitte, dit l'éditrice du journal hôte, je vous ferais *accesser* les belles tourbières et les étangs des îles françaises qu'on a par là.»

Le bateau revient doucement vers la péninsule de Port au Port. Les derniers jets du soleil, dont les couleurs se marient au plumage des macareux, font briller la chevelure de Laurent, emmêlée dans celle de la journaliste.

22 novembre

Une fois l'effet de l'air marin estompé, Geneviève est revenue sur terre.

Durant son absence, Liza a confié à Francine une mission aussi inédite que prestigieuse. C'est le premier sujet qu'aborde Vincent à la rencontre du jeudi soir. Toutes les oreilles sont tendues, mais personne n'entend Marge répéter «*Anything for anybody, here?*»

— J'ai lu l'éditorial de ta grande chum... pas mal, pas mal, dit Vincent.

— Il n'y a rien d'original dans ce qu'elle décrit. J'ai vu un truc pareil à Laval dans un bar rétro où les gars pissaient sur un James Dean peint sur le mur.

— Je ne parle pas du sujet comme tel. Je parle de son écriture. Il y a des idées fortes... la description du concept... et le titre aussi, c'était bien trouvé.

Vincent se venge-t-il inconsciemment du bon temps qu'elle a passé dans l'Est absolu avec l'envoyé du Grand Nord? Depuis quand trouve-t-on des qualités à une fille qui fait pousser une vadrouille en fontaine au-dessus de ses sourcils?

— Francine, elle ne parle même pas français! C'est Liza qui la couvre et qui récrit tous ses textes, dit-elle.

— Oh! oh! condescendance interdite, ici. Liza doit bien récrire les tiens aussi. C'est connu dans la communauté: sans Liza, pas de journal.

Geneviève baisse les yeux.

— C'est vrai qu'elle connaît bien sa grammaire. Mais faire signer l'éditorial par Francine, je ne comprends pas.

— Tu voudrais quoi ? Qu'elle te le demande à toi ? La relève, si jamais il en existe une, c'est bien Francine. Liza fait bien de lui déléguer de nouvelles tâches.

— Mais c'est une conne, Francine. *Marge, you forget me. Two more beer, please !*

— Et après ? N'importe qui arrive à quelque chose quand il n'y a personne d'autre pour le faire. Tu verras, elle fera très bien l'affaire. Et toi, je m'excuse, mais démontre un minimum d'intérêt ou prends ton trou.

Il n'a pourtant pas voulu être brutal.

— Comment c'était, ce voyage chez les Francos de l'Atlantique ? continue-t-il.

Geneviève ressent une grande gêne. Envers lui, envers tous les autres.

— En toute sincérité, fabuleux. J'ai beaucoup ri. Les gens mettent des « si que » partout.

Isabelle s'en mêle. Ses cheveux, comme en état de guerre, décrivent des cercles inégaux autour de ses oreilles.

— Ça va, ça va. N'oublie pas que ce sont eux qui ont fait fouarer Meech en 1990.

— C'est vrai ? Je ne me souviens plus. J'avais dix ans, pas plus.

— Eux, et la région M d'ailleurs, ajoute la chef.

Elle saisit son verre et proclame bien fort :

— À la séparation !

Son cri d'enthousiasme est salué par les applaudissements de tous les autres, hormis Mamadi. Confuse, Geneviève se retourne pour s'assurer que personne n'a saisi de quoi il s'agit. Mais la plupart des clients ont le dos tourné. Menton au creux des paumes, ils accordent toute leur attention aux écrans du bar qui présentent la finale de la Coupe Grey. Seule Marge pousse un soupir derrière un plateau surchargé de bouteilles de bière.

10 décembre

Geneviève ne prend pas l'autobus ce matin, mais se dirige à pied vers le nouveau pont. À la jonction des rivières Rouge et Assiniboia, cette colossale structure bétonnée célèbre 6 000 ans d'échanges humains de toutes sortes. C'est ici que se rencontrèrent, au XIXe siècle, Autochtones et Français, c'est ici que se défièrent les compagnies de traite de la Nord-Ouest et de la Baie d'Hudson, c'est ici que la région devint en 1870 la cinquième à se joindre au pays et c'est ici, dans les eaux boueuses de la Rouge, qu'un ami de Louis Riel fut assommé par une roche ontarienne. C'est encore ici que le maire a érigé un lien symbolique entre deux communautés brouillées, c'est donc ici qu'on lui dira notre façon de penser.

Elle a suspendu son Olympus numérique à son cou, sous son manteau, pour la protéger du froid. Elle a aussi tiré ses manches sur ses doigts. « C'est don' bien frette pour décembre, s'étonne-t-elle. Je ne suis pas habillée pour ça, moi. » Pourtant, le ciel est bleu roi derrière un soleil tout rond. Jamais on ne croirait que le mercure indique -11°C. Chez sa mère, à Laval, il paraît qu'il tombe des cordes. Quelle chance !

Le boulevard va bientôt se scinder en deux voies qui franchiront le cours d'eau côte à côte, l'une portant les véhicules, l'autre les promeneurs. Geneviève fonce tête baissée pour éviter une engelure du cou. Le vacarme des camions et les gaz d'échappement ajoutent à son humeur. « Ah ! c'est bon, ça, un pont piéton juste à côté de ce trafic dément», grogne-t-elle en route.

Elle franchit bientôt les premières marches du pont. Une dizaine de pancartes sont déjà levées.

« Why flushing French ? » « Don't need your crap ! » « Mayor has a wee-wee ! »

En tout, une centaine de personnes ont répondu à l'appel et se sont donné rendez-vous, malgré le froid, pour exprimer leur désaccord avec le maire et son projet de sanitaires publics. Ce sera le sujet de son prochain article.

Pour connaître les détails de l'étonnant projet municipal, il fallait lire *Le Franco* du 16 novembre, paru tandis que Geneviève rêvassait sur un bateau parmi les palmipèdes marins. En résumé, le charmant bistro bilingue que la communauté avait imaginé en plein centre du pont tout neuf s'est métamorphosé, en passant par le bureau du maire, en projet de toilettes géantes.

Il semble que ce soit l'éditorial de Francine Lacasse, paru le 16, qui ait engendré le mouvement de protestation qu'on observe aujourd'hui. Après lecture de ce texte, trois abonnés ont fait parvenir une lettre au journal : un record. La colère y était polie, mais néanmoins présente. On exigeait de la Ville d'être consulté pour la réalisation du concept. On proposait des façons de rendre le bilinguisme pertinent au nouveau projet. Les francophones ne devaient pas être écartés du processus. D'ailleurs, qui aurait le contrat de construction ?

La semaine suivante, une seule lettre à l'éditrice avait été publiée. Elle comportait trois lignes et une signature.

Mais de quoi parlez-vous ?
Non aux toilettes, c'est tout !
Rendez-vous le 10 à 10 h sur le pont.

Mary Ann Erickson

Geneviève sort un carnet de sa poche pour noter les impressions des manifestants. Ses doigts engourdis ont du mal à manipuler la fermeture éclair. Elle cherche l'organisatrice des yeux, mais elle n'y est pas. « Je ne l'aurai jamais revue, elle », songe-t-elle. La vision de cette femme forte et fière, s'élevant au milieu d'une assemblée endormie, la hante depuis un mois. En est-il de même pour tout le monde ? Est-ce que les interventions-surprises de cette défenderesse de la Cause pourraient créer un genre d'engouement ?

Un jeune Franco-M, couvert de la taille aux cheveux par un duvet d'oie Kanuk, la tire de ses pensées. Sa voix tonitruante indique que l'arrivée hâtive du gel ne le gêne en rien.

— Hey, Geneviève ! On peut t'aider avec ton article ?

C'est Réal Lagimodière, le chef du Regroupement des jeunes, dont le bureau est au troisième de l'immeuble du *Franco*. Il croise souvent Geneviève et il lui arrive même de descendre pour lui proposer des sujets d'articles. Il adore se voir dans le journal, qu'il s'agisse de sport, de politique ou des fiançailles de son frère Big.

— Quel soleil ! s'exclame-t-il en regardant en l'air. Commences-tu à être *addictée* à la région ?

— Je suis bien mal équipée.

— Ça, c'est clair, *do*. Il te faudrait au moins un *hoody* et des mitaines en *fleece*, ou quelque chose.

— Ouan, ouan. OK. Donc, cette manifestation, qu'est-ce que ça dit aux jeunes ?

Derrière leurs verres orange, les yeux de Réal scintillent de joie. C'est la première fois, à dix-neuf ans, qu'il participe à une activité francophone aussi palpitante dans sa région. Et il s'y connaît dans ce domaine, puisque ses fonctions lui font parcourir tout le pays.

— On est vraiment excités. *I mean*, de participer autant dans la manifestation, les jeunes contribuent vraiment leur énergie. On est très nombreux, ici, aujourd'hui. On veut dire au maire notre fierté et aussi assurer qu'il adresse le problème au plus vite. Les jeunes ont b'soin un projet plus signifiant que des *lavatoires*. Mais... tu retiens les *quotations* par cœur ou quoi ? s'informe-t-il en désignant de son gant la page vide du carnet.

Le stylo est gelé. De surcroît, Geneviève n'écoute plus. Son regard est appelé au loin, derrière le jeune. Le mariage étrange des couleurs avocat et saumon se reconnaît entre mille dans la région : un bus vient d'apparaître à l'embranchement des deux voies, du côté ouest de la rivière. La jeune femme se précipite de tout son souffle au bout du pont pour ne pas le rater. C'est bien joli, les démonstrations de dignité en plein air, mais il lui faudrait une cagoule hermétique pour se protéger du vent et du franglais de Réal Lagimodière.

Les fesses gelées sur la banquette, elle rentre au bureau, à l'abri du bruit, du monoxyde de carbone et de toute *addiction*. À travers la vitre, son regard se porte sur le trottoir. Elle croit en effet reconnaître les yeux de Vincent derrière un masque de ski aérodynamique. Minienregistreuse dans son gant de pécari et cache-col relevé jusqu'au nez, il se dirige vers le pont à une lenteur qui laisse croire qu'on nage en pleine canicule. On l'imagine même sourire et siffloter dans son écharpe. « Certains y arrivent tellement bien, soupire Geneviève. Mais c'est lui qui a raison. Ce soleil est splendide ! »

20 décembre

Dix jours plus tard, à la réunion des Backbiteurs, l'atmosphère est plutôt nulle. C'est le dernier jeudi avant les fêtes, et il manque déjà plusieurs joueurs, partis voir dans l'Est s'ils y sont. Les autres font semblant qu'ils n'aiment pas Noël ou qu'ils ont vraiment choisi de rester dans la région. Le gérant du Keg a installé une crèche en bois dans le *lounge* et de vraies bougies dans un arbre naturel : rien n'y fait. Ce soir, célibat et morosité vont de pair. Les tourments de l'exilé se supporteraient mieux en famille ou en couple. Mais chacun des Backbiteurs est supérieurement seul, au milieu d'une tribu d'orphelins, à des kilomètres d'une vraie maisonnée.

Partout autour, on flaire l'agitation… Si on ne veut pas passer ses vacances en solitaire achevé, il ne reste que quelques jours pour dégoter un passe-temps de chair et d'os. Les filles piaillent comme d'habitude, mais jurent et éructent un peu moins.

Cynthia, collègue de Caro à Télé-Pays, a profité de l'absence d'Isabelle pour inviter un nouveau, qui n'est ni le plus joli ni le plus poli, estime Geneviève, mais qui doit recéler un charme électrocutant, à en juger par la galvanisation des dernières cellules d'intelligence de Cynthia. Si elle avance davantage le buste pour attirer son attention, elle va se faire chasser du Keg par le gérant.

Vincent n'est pas en reste, assis entre une consœur de la radio et l'agente de communication du théâtre, qui partagent la même intention de réussir leur ragoût de boulettes cette année. Elles mettent leurs mains sur les cuisses du jeune homme et remuent leur groin. L'agente du théâtre semble connaître le nouveau, mais ne pas vouloir concurrencer Cynthia. Peu importe. Après tout, s'il continue de jouer un peu de ses pattes de cochon, ce pourrait bien être le journaliste anglophone qui remporte la mise jusqu'au Nouvel An. Avec Cynthia, avec l'agente, avec la première qui dira oui pour un rigodon à deux. Comme toujours, il traîne à la table des Backbiteurs, heureux de ne rien comprendre aux conversations. «*I love French women. Who cares what they say? They are so hot, sensual, randy... woof! woof!*» Les filles adorent ce genre de compliments.

Le nouveau n'a pas encore été présenté qu'il interpelle déjà Geneviève, avec un accent de Montréal aussi lourd que raboteux.

— Tsssu n'as pas réussi à avoir la réaction de Mary Ann Erickson pour ton article sur le pont?

Geneviève ne tient pas à se faire rappeler, devant tout le monde, qu'elle a eu une semaine entière pour écrire son article et qu'elle a été incapable de mettre la main au collet de cette jeune dame qui fomente ces temps-ci la résistance francophone. Elle ne semble avoir de liens familiaux avec personne, ce qui est rare et peu commode.

— De toute façon, poursuit-il, c'était un fiasco. Il y a vingt ans, les gens se rassemblaient par milliers pour défendre leurs idées. Aujourd'hui, il reste Réal Lagimodière et quelques petits cons. Le maire leur chierait bien dessus s'il avait le temps.

Dans son texte, et sous la surveillance de Liza, Geneviève avait au contraire vanté la détermination de la nouvelle jeunesse, qui ne pouvait laisser la Ville insensible. « Mais c'est qui, ce Backbiteur extrémiste ? » Elle n'est pas sûre qu'Isabelle aurait accepté la recrue-surprise de Cynthia dans le groupe. Il ne faut pas être trop méchant, tout de même.

— C'est comme le nouvel engouement de gogol Labbé pour l'Est. Parti Lys ou autre, qu'est-ce qu'ils ont à tirer d'une bande de poires qui débloquent un mot de français sur quatre ?

« Oh ! tout de même, monsieur Labbé ne mérite pas ça. » Les autres semblent trouver le nouveau amusant. Geneviève se tait. La conversation assassine ensuite les dernières productions culturelles.

— Tiens, Geneviève, pour continuer avec ta jeunesse formidable, il paraît que la troupe universitaire prépare *La pièce du siècle*. Ha ! ha !

La journaliste se lève d'un bond et jette sa bouteille vide au centre de la table. Sa chaise demeure une seconde en équilibre sur deux pattes, puis retombe sur le sol avec fracas.

— Je ne sais pas où travaille monsieur le fin-fin, explose-t-elle, mais tu verras que c'est bien difficile d'avoir un jugement critique, ici. On voit bien que tu débarques. Tu apprendras, comme tout le monde. Bon, moi je décrisse. J'ai un avion à prendre demain. Bye les amis, je m'en vais sur Sainte-Cath acheter les cadeaux de Noël de mes parents. Tu viens, Vincent ?

S'il avait su que son corps serait réclamé par autant de femelles ce soir-là, il aurait hésité avant de prendre un billet sur le même vol que son amie et d'accepter son invitation à dormir chez elle la veille. Une ultime notion de civilité le retient de proposer d'aller la retrouver plus tard. Il embrasse les filles sur les joues et retrouve le sac à dos qu'il avait soigneusement égaré sous la table.

— Pourquoi tu ne leur rapportes pas un rôti de bison congelé ?

Geneviève ignore la dernière remarque du nouveau et file vers la sortie, tirant presque Vincent par l'oreille. Elle rage. Elle ne s'attendait pas à se faire bousculer, juste avant son départ, par un type inconnu qui déshonore ses origines québécoises encore plus que les autres.

— C'est qui, ce gars-là ? Il se prend pour qui, là, monsieur le spécialiste des Francos-M, à taper sur tout le monde comme ça ? demande-t-elle à Vincent sur le trottoir de la rue Garry.

C'était Roger Morin.

28 décembre

Les frictions se multiplient à Laval. Si Geneviève connaissait un seul Franco-M à Montréal, elle lui demanderait rendez-vous sur-le-champ pour une thérapie de détente. Sa mère lui reproche à toute heure le désordre dans le sous-sol, son inertie chronique et les anglicismes pêchés dans l'Ouest. « On ne dit pas "Je ne pouvais plus attendre", ma belle grande fille, on dit "J'avais très hâte". » Elle la gronde les mains sur les hanches comme quand elle avait trois ans et qu'elle rentrait de la boue dans la maison avec ses bottes de pluie.

En quelques mois à peine, un fossé a divisé deux terrains : celui des gens normaux qui travaillent à peu près là où ils ont grandi, et celui des autres qui sont allés se perdre ailleurs, comme des grands, et qui ne se sentent plus chez eux quand ils reviennent. Ses parents bougent en tous sens dans un rayon de cinq kilomètres pour achever leurs courses du Nouvel An. Ils répètent avec énergie ce rituel qu'ils ont adopté, comme bien d'autres, il y a vingt ans, quand ils ont choisi l'état stable et constant de la banlieue pour y élire domicile. Les bonds en voiture, de magasin en magasin, sont tatoués dans le quotidien lavallois, surtout en fin d'année. Et ils ne lui demandent jamais à elle ce qu'il y a de particulier, tiens, à 3 000 km de chez eux, quand les magasins sont fermés le weekend. Dans le carré franco, surtout, on sonne l'heure du grand repos et de l'enchaînement des messes dès le vendredi. Les dépensiers de Laval seraient totalement déroutés.

— Mais non, on n'ira pas te visiter, dit le père, tu nous as dit toi-même que c'était nul comme endroit.

C'est bien vrai. Mais le tourisme de la laideur, est-ce sans intérêt ? Et voir comment se débrouille le bébé dans son grand carré de foin gelé ?

Contrariée, Geneviève se rabat sur Vincent, qui loge aussi chez ses parents, à quelques rues de là. Il doit certainement souffrir comme elle de son statut d'incompris. Elle lui téléphone et propose d'aller prendre le thé au Camellia Sinensis, dans le Quartier latin.

— Arrête, lâche ma chaussette !

Vincent se bagarre avec ses frères. Il ne semble nullement atteint d'asthénie psychique, à l'étonnement de son amie. Il accepte l'invitation et saute dans le premier bus menant à la grande ville.

L'endroit est zen, sage, parfait pour discuter pendant des heures. Un filet d'eau coule entre des cailloux roses qui soutiennent une série de bonzaïs taillés à la perfection. Les banquettes de velours ne sont pas forcément propres, mais souples et tentantes. Arrivé le premier, Vincent s'y enfonce avec plaisir. Il peut voir, à travers la vitre, sur un grand panneau d'affichage, que le film *Troy*, avec Brad Pitt et Diane Kruger, commence dans trente minutes. Il soupire. Son amie ne voudra pas l'y accompagner, c'est sûr. Mais bon, puisqu'elle a besoin de vider son petit cœur...

— Hé ! enlève donc tes souliers ! Tout le monde est en pieds de bas, ici !

Geneviève fait la moue une seconde, puis se déchausse. Elle rouvre la porte derrière elle et frappe ses deux bottillons contre le mur extérieur pour enlever le mélange de neige fondante et de sel. Elle les place sur le radiateur de l'entrée, referme la porte et se laisse choir devant Vincent.

— La prochaine fois, je vais suivre le conseil de l'ami Morin et leur offrir un rôti de bison, déclare-t-elle. Ça leur apprendra. Ils ne veulent rien connaître de mon séjour dans l'Ouest.

— Mais laisse-les donc tranquilles, tes parents. Ils n'ont rien fait de différent, eux, depuis septembre. C'est toi qui as deux vies maintenant. Et ça ne se mélange pas. Ce qui est là-bas n'est pas ici, alors tout le monde s'en fout, c'est normal. Mets-toi en mode « Laval ». Va magasiner.

— Ça ne te manque pas, la petite vie, là-bas ? dit-elle.

— Tu délires ? On est parti depuis une semaine !

— Mais c'est nul, dormir dans le sous-sol avec tout le monde qui grouille autour. J'aime mieux être dans mes affaires, même si c'est dans le cul du monde.

— Ah ça ! on n'est pas en vacances, ici, chérie. On vient voir la famille, c'est différent.

Vincent a bien surmonté, depuis le temps, le choc du parachutiste atterrissant dans la maison familiale qui n'a pas bougé. Il limite désormais ses visites domestiques à une dizaine de jours par année, et il accumule plutôt des semaines de vacances pour aller se balader ailleurs, dans d'autres pays, à la grande déception de ses parents qui, eux, ne sacrifieraient pas une seule journée de congé pour aller le voir, doit-il souvent leur rappeler.

Geneviève n'a pas eu l'élégance de deviner qu'un film commençait bientôt dans les parages. Elle sort un petit tas de feuilles d'une chemise de carton rouge.

— Je me lance. J'ai encore noté des idées depuis le début des vacances.

Vincent met ses lunettes et survole les premières pages. Il découvre de longs ensembles de phrases détachés les uns des autres par des tirets. Le film a commencé de l'autre côté de la rue, ce qui le calme et l'amène à prendre son temps. Il se reconnaît facilement dans le personnage de Benoît et se demande ce que diraient les Backbiteurs de voir leurs âneries étalées dans un journal semblable. Sur une autre page, discutent les salariées d'un journal qu'il connaît bien.

— Il n'y a pas assez d'anglais quand tu fais parler les Francos-M, dit-il à son amie.

Elle reprend ses papiers.

— Voyons, il y en a plein… les tournures de phrases, les expressions du genre « avoir besoin quelque chose ».

— Oui, d'accord, mais souvent, ils passent carrément à l'anglais. Il te faut des bouts de phrases complets en anglais.

— Je suis nulle en anglais, je ne comprends pas ce qu'ils disent. Je ne peux pas retenir ça.

— Dans ce cas-là, ton… tes écrits ne représentent pas la réalité.

— *Who cares ?* C'est un… c'est des écrits. Les Francos-M ne parlent pas anglais dans mes écrits, c'est tout. Qu'ils parlent donc anglais dans leurs propres livres ! Ils sont bien mieux placés que moi pour connaître toutes les expressions.

— Tu parles de l'écrivain Morin, là? dit-il en souriant.

Sous la table dévernie, Geneviève se pince pour réprimer un rire nerveux.

7 janvier

Geneviève envie furieusement Vincent d'être reparti plus tôt pour noyer les dernières minutes de l'année dans la bière avec les copains du Keg. De son côté, elle accueille plutôt le Nouvel An dans une comédie fantasque imaginée par sa parvenue de mère qui aime oublier ses humbles origines et se prendre pour une Française. Impossible chez elle de suivre la tradition comme tout le monde et d'avaler un morceau de cipaille en écoutant La Bottine souriante. La mère sort son foulard de soie, son parfum Chanel et déroule la grande nappe brodée à l'aiguille. Geneviève se fait reprocher de croquer les huîtres, de tartiner le foie gras et d'avaler le champagne d'un coup. Tout le monde est couché à 22 h. On se souhaite la bonne année le lendemain matin.

Geneviève regagne son sofa bleu le week-end suivant, curieuse de savoir qui a fini avec qui durant les vacances. Mais Vincent ne retourne aucun de ses appels. Elle se demande si elle va survivre encore une journée avant le retour au boulot. Elle hésite entre réécouter le message de Liza, qui lui donne gaiement son sujet de la semaine, ou continuer à imaginer Vincent tout nu tirer sur les longues boucles d'Isabelle. Puis lundi se montre enfin le bout du nez.

*

Aujourd'hui, c'est le dixième anniversaire de la Commission scolaire française. Normalement, Geneviève aime bien couvrir un sujet dans la matinée, car elle ne doit pas passer au bureau avant. Cela lui permet de se lever plus tard et d'échapper aux échanges entre Denise et Francine. Ce matin, elle n'aurait pas détesté perdre un peu de temps en leur compagnie et les entendre raconter leurs fêtes remplies de petits cousins, d'offices religieux et de *gossipage* communautaire. Mais elle préfère de loin revoir Vincent, qui viendra sans doute demander des entrevues pour la radio. Elle est convaincue que la Commission scolaire mettra le paquet et qu'ils pourront se remplir le ventre dans un coin durant les allocutions.

De la fenêtre de sa chambre, au 10e étage de la Tour aux Indiens, elle peut voir l'air tiède s'échapper des bâtiments voisins. Il blanchit instantanément et se débat dans tous les sens. Autour, c'est l'absolue paralysie. Il fait -55 °C si on tient compte du facteur éolien, et il vaut mieux en tenir compte, car le vent balaie la plaine depuis les montagnes, à trois régions de là, sans rencontrer d'obstacles. « La peau gèle en moins de deux minutes si elle est exposée au froid et les déplacements à l'extérieur sont potentiellement mortels », prévient en boucle la télévision.

Geneviève ne s'en fait pas. Depuis l'épisode du pont, elle a enterré sa fierté et s'est procuré un kit de survie qui, à 400 $, devrait être complet : scaphandre à doublure matelassée, bottes Cougar couvrant tout le mollet, gants titanesques. Elle ne ressent donc aucun inconfort en sortant de chez elle. Cela dure trente secondes. Puis le froid attaque son attirail de tous les côtés et la voici pétrifiée comme les troncs d'arbres et les immeubles, qui n'ont pas bougé depuis des heures. Pourtant, tous les drapeaux claquent au bout des hampes, preuve de l'opiniâtreté du vent. Il entre d'ailleurs par les yeux et fouette directement le cerveau. Impossible de prédire qu'en se secouant on risque moins de casser en morceaux que de se réchauffer un peu. Le gaz des voitures tourbillonne et disparaît à grande vitesse dans l'atmosphère comprimée. Avec tout ce tissu sur les oreilles, Geneviève est coupée du bruit. En réalité, le vrombissement des voitures est amplifié par la désertion de l'oxygène, mais elle le perçoit de loin, du fond de son être, comme si le sol allait craquer sous les voitures luttant contre les bourrasques. L'ambiance ne serait pas plus étrange sur la lune.

Dans l'autobus, le silence confirme que le pays est en guerre. Les gens ont le regard dur et la mâchoire immobile. Leur haleine mouille le col des manteaux, car la bouche demeure recouverte. On ne veut pas devoir remettre en ordre son fourbi d'écharpes à la sortie.

La petite réception a lieu au Centre culturel. Au moins, ce n'est pas au bureau de la Commission scolaire, situé à l'autre bout de la ville. « Je leur aurais chargé 20 $ de taxi. » Geneviève se demande à quoi rime toute cette misère dans la vie et qui aura eu la bêtise de sortir du lit ce matin. S'ils ont un minimum de jugeote, les organisateurs auront tout annulé.

On a choisi pour la célébration une petite salle fraîchement peinte en grège. Des chaises de bureau à rembourrage de laine ont été appuyées le long des murs pour laisser le centre de la pièce dégagé. On se demande parfois si le Centre culturel ne devrait pas abandonner sa vocation et se transformer en Centre des congrès. On sollicite bien davantage ses espaces pour des réunions en tout genre que pour des spectacles ou des expositions à saveur francophone. Geneviève entre.

Surprise ! Tout le monde est là, avec les joues rouges, la grande forme et le sentiment d'appartenance communautaire plus vif que jamais. Notre climat, on l'aime, car il nous rassemble dans l'épreuve ! On blague sur le froid comme s'il ne venait pas de nous tuer le bout des doigts pour la journée. Non, aucun absent ne serait excusé aujourd'hui. Le fait français a surmonté les pires conditions, et c'est la journée idéale pour l'illustrer. Geneviève observe un moment cette société de bons vivants toujours prêts à rigoler. Elle remarque pour la première fois l'homogénéité du groupe. Vu le croisement régulier entre familles cousines, un gène curieux se retrouve en effet sur tous les visages : celui de l'œil gentil. Il est venu directement de Suisse ou d'un autre pays débonnaire, mais il ne provient certes pas de la souche québécoise. Elle, en tout cas, ne l'a pas.

Pour son plus grand bonheur, elle aperçoit Vincent, tout à fait derrière, prêt à attaquer une table garnie de danoises disposées autour d'un plantureux réservoir de café.

— Une chance que tu es là, dit Geneviève. Je n'ai fait aucune recherche et je ne comprends rien. Comment ça se fait que l'école française existe seulement depuis dix ans, ici ?

Vincent soupire d'ennui. On ne demande pas sa dévotion ni même sa sympathie à Geneviève. Mais en connaître un minimum sur la région qui l'embauche la tuerait-il ? Si elle s'investissait un tout petit peu dans la communauté, son passage dans la région pourrait ressembler, dans plusieurs années certes, à un bon souvenir. On ne l'enjoint pas de devenir une Mireille Sauvé ou de quitter les Backbiteurs ! Mais qu'est-ce qui l'empêche, pour sa culture personnelle et l'efficacité de son travail, d'en savoir un peu plus sur ce groupe d'humains bienveillants qui l'ont acceptée dans leur famille ? Que ferait-elle sans eux, les jeudis soirs, pour occuper le temps ?

— Le français a perdu son statut de langue officielle à la fin du XIXe. Ensuite, l'école française a été interdite par une loi. On voulait imposer l'anglais à tout le monde, comme en Ontario et en Louisiane, si je ne m'abuse.

— OK. Mais l'éducation française est revenue bien avant 1993 ?

— C'est compliqué. Retiens cette année : 1979. C'est là que les Francos ont tout regagné. Une histoire de *ticket* pas bilingue qui a fini en Cour suprême et qui a prouvé que tout était tout croche parce que tout était en anglais. Je te fais ça court.

— Il y a quand même vingt-cinq ans de ça...

— C'est vrai que ça fait long. Je sais pas trop. Beaucoup de paperasse pour régler tout ça, j'imagine. Demande à monsieur Labbé. L'AFM s'occupait d'éducation avant. C'était son grand combat. Et ne parle pas si fort, on va passer pour des demeurés.

Le président de la Commission scolaire presse un petit crucifix dans son cou et demande le silence pour le bénédicité. Vincent et Geneviève longent le mur à pas de souris et s'éclipsent de la salle, la bouche déjà pleine. Ils se rendent à la cafétéria déserte et grillent une cigarette côte à côte, sous un panneau rappelant « fumée interdite ».

Quand ils reviennent, les discours de circonstance sont terminés. Un inconnu en complet marine ouvert sur un gros ventre prend le micro pour livrer des données pertinentes: «Nous terminons une première ronde de consultations. Elle vise à donner de l'information pour permettre aux écoles de participer ensuite à notre étude qui permettra d'alimenter les discussions qui auront ensuite lieu au sein de la commission scolaire, laquelle recevra ensuite la visite de nos consultants pour lui donner de l'information.»

— Le chat qui se mord la queue, résume Geneviève. Mais une étude sur quoi, nom de Dieu? Et qui est ce monsieur?

Le représentant de la firme termine ainsi son discours: «L'étude porte sur le fonctionnement, l'utilisation et la répartition actuelle. Une vingtaine de scénarios possibles seront présentés.» Il quitte l'avant-scène et s'assied à l'écart. Les autres applaudissent.

— As-tu entendu son français? demande Vincent, un doigt derrière l'oreille. Il vient de la Grande Région ou même de l'Est. Il doit toucher une belle somme pour mener cette recherche. Je n'en sais pas plus.

— Bon, alors moi, je vais prendre une belle photo. La bedaine du monsieur et son écran de résultats rempliront la moitié de ma page. J'inventerai le reste.

*

10 janvier (?) – on verra
Dix ans d'anémie scolaire – brouillon
Par Geneviève Morin

Dans l'histoire d'un peuple qui lutte pour sa langue, 75 ans d'école en anglais, c'est une éternité.

Malgré les efforts de l'ancienne Association des Francos-M et des bonnes sœurs qui enseignaient le français clandestinement, on nage sans doute dans l'irrémédiable.

Après dix ans d'évolution, la Commission scolaire compte le même nombre d'élèves qu'en 1993 et affiche des résultats pas du tout réjouissants aux examens nationaux. « On ne banque pas sur les mathématiques et les sciences, car nos écoles ont d'abord une vocation culturelle », soutient le président. « Culturelle et spirituelle », précise-t-il.

Cependant, à l'échelle du pays, il est démontré que les parents recherchent la performance de leurs enfants dans les matières difficiles avant tout.

Si l'école anglophone les rebute, une option alléchante s'offre encore à eux. Les célèbres écoles d'immersion, créées dans les années 1960 par un parti rêvant de citoyens bilingues, sont ouvertes à tous et connaissent un succès phénoménal. Des mamans américaines traversent la frontière et font la queue pour y inscrire leurs enfants. Les jeunes qui en sortent se débrouillent bien en français et ont une excellente moyenne générale. Faites un petit tour chez les nouveaux avocats et les universitaires bilingues : ils viennent tous de l'immersion.

Dernier casse-tête : pour se protéger de l'anglais, on réserve l'école française aux « ayants droit », c'est-à-dire aux descendants des francophones. Mais quand on tend l'oreille, on remarque que l'anglais se parle tout de même joyeusement dans la cour d'école. On s'est un jour fait taper sur les doigts si on parlait français, on se fait aujourd'hui reprocher de ne pas le faire. Rien n'y fait, les adolescents préfèrent la langue des États-Unis pour discuter fripes et smurf *hip-hop.*

Le nombre stagnant d'inscriptions fait réfléchir, mais si on ouvre les portes à tout le monde, ne risque-t-on pas d'aggraver l'infiltration de l'anglais ? Que choisir entre des salles de classe vides et une dégradation accélérée de la langue ? Comment récupérer les jeunes qui ont choisi l'immersion ?

Triste avenir donc pour la CSF.

« Hé, hé, hé, ricane Geneviève devant sa feuille. Je me demande quelle tête ferait Liza si je lui soumettais un tel texte. » Elle cache donc ses gribouillis dans la chemise rouge. « Un peu de sérieux. Le *lead* ira plutôt comme suit : "La Commission scolaire française célèbre dix ans d'existence : l'occasion de dresser le bilan des réussites." Tout le monde sera enchanté. »

Devant sa porte grande ouverte, elle voit passer un visage bronzé sous des cheveux comme toujours soufflés en l'air, mais pâlis par le chlore et le soleil. Certains ont pris prétexte des vacances pour renier leur état d'habitant d'une contrée polaire.

— Hé, Francine, dit Geneviève. Tu nous arrives du sud ? Alors, la plage, la voile, c'était bien ?

L'autre ne comprend pas sa question. Personne dans la région n'a jamais songé à mettre un pied dans la mer, que ce soit à Cuba, en République dominicaine ou même en Floride. Quand on cherche de la chaleur, c'est bien sûr au Nevada ou en Arizona qu'on en trouve. Les extravagants qui veulent des poissons dans les jambes et du sable entre les orteils se rendent à Matamoros, au Mexique, parce que c'est collé sur la frontière américaine. Les pays du sud débordent de périls porcins et de mauvaises mœurs. Pourquoi ne pas se contenter d'une grande piscine avec un bar dedans, dans une ville du désert, sans nappe d'eau dans les environs ? On ne voyage pas où il y a risque de noyade, quelle idée ! Le mari de Francine, un excentrique qui voulait étudier à l'étranger, avait à l'époque adopté l'Université du Nebraska, dans les terres les plus rectilignes et les plus sèches du continent. Cette année il a convaincu Francine d'amener les enfants à Oklahoma City, où son père loue chaque année un petit condo dans un complexe de deux cents acres comprenant sept piscines. C'est de là qu'elle revient. Geneviève poursuit :

— En passant, merci pour ta *newsletter*, je l'ai reçue juste avant Noël. C'était très très instructif. Ça fait du bien de te revoir !

13 février

On choisit le mois le plus froid de l'année pour commémorer l'arrivée des Français au XVIIIe siècle. La Nouvelle-France s'étendait alors par-delà les frontières de la future Saskatchewan et le troc des fourrures était le moteur d'expansion vers l'Ouest. Personne n'avait tenu compte de l'avertissement lancé par le gouverneur de la colonie en 1687: « Il faut éviter la maladie du pays, qui est d'être trop dispersé. » Tandis que les colonies anglaises, concentrées dans l'est du continent, préparaient une invasion méthodique du territoire, les aventuriers français s'enfonçaient de plus en plus loin dans les forêts peuplées de castors. Le Festival du canot rappelle cette époque de nonchalance où des voyageurs se sont gaiement ancrés près de la rivière Rouge pour fonder une colonie supplémentaire, juste avant l'effondrement de l'Empire. Liza avait voulu lui confier un autre sujet, mais puisque Geneviève proposait de passer toute la journée de samedi à la Décharge à canots, elle s'est inclinée devant son zèle.

Roger Morin peut se moquer d'elle tant qu'il veut, Geneviève est bien heureuse de couvrir ce Festival du canot, qualifié unanimement par ses collègues d'événement de l'année. D'ailleurs, au bureau, l'ambiance est à la détente. Chacun s'est entortillé une ceinture fléchée à la taille et déambule dans les couloirs avec de faux mocassins. Denise a ressorti sa collection de t-shirts officiels du Festival.

— Bé oué, çui-ci, c'est celui de quatrrre-vingt-dix-sept, l'année du gros *flood*. On avait une image de violoneux assis sur des sacs de sable avec les mocassins dans l'eau.

Chacun s'arrête au comptoir de l'entrée pour féliciter la réceptionniste de ses aptitudes archivistiques et s'extasier devant les motifs de violons fendillés par la lessive et le temps. Au *Franco*, tout est prétexte à ralentir le rythme du travail ; le Festival porte cette tendance à son paroxysme. Geneviève repense au bandit flagellé dans la célèbre pièce de théâtre de Roger Morin.

— Qu'est-ce que c'était, au juste, la ceinture fléchée ? demande-t-elle à Francine.

Elles sont seules dans la cuisine et le pot à café est presque vide. Avec Denise qui relate l'inondation de sa grange à quelques passants absorbés, Geneviève dispose de quelques minutes pour établir un contact avec sa collègue. Mais la Franco-M feuillette un numéro spécial sur le dernier épisode de *E.R.* et se soucie peu de sa présence.

— *No idea*. Mets-la donc et c'est tout, c'est la tradition. *Holy... ! Can't believe it !* Il va la demander en mariage !

Elle se lève et fonce vers le comptoir de Denise pour lui annoncer la stupéfiante nouvelle. Geneviève est abandonnée avec le reste de café et l'impression de plus en plus nette qu'il vaut mieux continuer de jouer à l'ennemie avec cette fille pour éviter le ridicule.

*

La semaine s'est écoulée. Samedi matin, de sveltes rayons sont venus titiller la joue de Geneviève dans son lit. Vincent a oublié de baisser le store la veille. « L'idiot. Je vais encore avoir mal à la tête. Il ne pourrait pas pleuvoir, neiger, faire nuit pendant une semaine, ici ? »

Vincent a laissé un mot sur le côté droit du lit : « Bonne journée, super Gen. Tel-moi sur mon cell si tu veux que je te rejoins à la Décharge. » Geneviève est suffoquée. « Que je te rejoins ! Quel *copycat*, celui-là ! Il adopte même leurs fautes », pense-t-elle en allumant une première cigarette.

Elle couvre ses fesses replètes d'un vieux jean, démêle ses cheveux et enfile un manteau de daim avant de sortir. Elle se rend ensuite du côté des Francos en autobus, après avoir patienté quarante minutes à l'arrêt.

Sur le site du Festival, on a reconstruit un poste de traite des fourrures, comprenant un hangar à canots – dit la Décharge –, un magasin général et la cabane du forgeron. Il s'agit d'une réplique de l'ancien fort Gibraltar, qui embauchait des Écossais, des truands, des vagabonds et des Francos. Un grand monsieur à capuche bleue invite Geneviève à visiter sa cabane.

— *Sorry, I don't speak French*, s'excuse-t-il. *Nobody does today, isn't it funny ?* poursuit-il en rigolant.

En effet, rien de plus *funny*. Geneviève passe son chemin.

Au milieu des petites constructions, des sculptures de glace se font grignoter les flancs par un redoux inhabituel. Parmi les traditionnels castors, violons et têtes d'Indiens, Geneviève remarque un gigantesque autobus volant, dont les rames sont tombées. Une affichette posée devant indique : « *The*

Devil by Bus. Massachusetts. » Plus loin, les yeux hagards d'un certain sieur Gallery, sculpté par un Poitevin, fondent sur une grosse tête de cheval. « C'est vraiment n'importe quoi, ce concours de sculptures », se méprend-elle. La légende des bûcherons transportés dans le ciel en canot d'écorce n'est pas née au royaume Q et elle ne s'y est pas cantonnée non plus.

En se dirigeant vers la tente des spectacles, Geneviève aperçoit trois gracieuses princesses à robe blanche et à couronne d'argent. « *Voyageur's wife ?* » demande-t-elle à l'une d'elles. Les trois adolescentes s'esclaffent en rafale.

— *We are from Saint Paul, in the States !*

— *We are the Carnival princesses there !*

— *We come here every year with our parents to wear our costume !*

Ces cendrillons souriantes, avec leur jupe à dentelle et leurs faux diamants dans les cheveux, sont plantées au milieu des peaux et des monticules de paille comme si elles appartenaient au décor.

— *And... you don't feel ridiculous ?* questionne Geneviève.

Les filles émettent en chœur un long « *Nooooo* », échangent un regard, rajustent leur banderole à macarons et se remettent à la recherche de coureurs des bois amateurs de royauté américaine.

Geneviève entre sous un chapiteau rouge et blanc. L'intérieur est sombre et chauffé par un radiateur mobile aussi gros qu'une roue d'avion. On se sent rôtir dès qu'on pousse la toile de plastique qui sert de porte d'entrée. Le foin mouillé épouse la semelle des bottes dans un « *squeesh* » qui rappelle le fromage à poutine. Les gens ont entassé leurs manteaux sur les tables de bois et attendent le début du spectacle pour enfants. Tout près de la scène, une mère résiste aux assauts de deux petites filles qui veulent danser avec elle en attendant leur chanteur préféré, celui qui interprète « En français, s'il vous plaît, à l'école, c'est en français ». Elles supplient : « *Pleeease, mooommy.* » Geneviève reste un peu à l'écart pour se soustraire à la vue de cette mère qu'elle connaît très bien. Sur la gauche, deux dames à bonnet préparent des mets canadiens-français dans une petite roulotte. Collé sur le front de la voiture, un menu écrit à la main annonce : « *beans, sugar pie and Le Havre pea soup* ».

Un sourire étrange inonde le visage de la journaliste. « C'est bon, j'ai tout ce qu'il faut pour mon article. »

Elle quitte le chapiteau et se dirige à pied vers le boulevard, téléphone en main. Elle joint son ami Vincent et lui propose quelque chose de classique et de goûteux, connu d'eux seuls : un douze pouces à la *ranch*. Il accepte avec empressement.

28 février

Le réchauffement du temps n'était que folie passagère. Après avoir détruit la patinoire et la glissade du site du Festival, l'eau s'est repliée sur les trottoirs de la ville paralysée par la descente en flèche du thermomètre.

À leur arrivée au Keg, tous les Backbiteurs ont lâché un « Crisse, peuvent pas mettre du sel comme dans l'Est ? », l'un en se frottant un coude, l'autre en se frottant une fesse. Ils n'auraient pas manqué pour autant le rendez-vous sacré des détracteurs, la réunion des fins finauds soi-disant moins bêtes que les autres.

De courts fils blonds frétillent sur la tête de Caroline. L'électricité statique ne sait plus où se nicher en cette période de chauffage extrême des endroits publics. C'est aussi, sûrement, la hâte d'entendre Geneviève raconter comment elle a convaincu Liza de publier un texte sur la totale dénaturation du Festival.

— Geneviève, ne saute pas sur le brancard ! a dit Liza. Si l'événement connaît autant de succès, c'est bien grâce aux touristes, surtout ceux de Saint Paul. Il aurait quoi, comme ampleur, ton festival, sans les Anglos ? Arrête un peu. Même Francine y était avec ses petites, et elle s'est bien amusée.

Mais Geneviève a tenu bon, arguant que c'était par compassion et non par méchanceté qu'elle voulait écrire l'article, que Francine Lacasse ne pouvait être donnée comme preuve formelle de la présence francophone quelque part, qu'il fallait bien quelqu'un pour défendre les Francos, car eux-mêmes restaient cachés dans leur maison à se plaindre qu'ils se faisaient voler leur histoire par des malotrus d'Anglos qui ne connaissaient rien à leur vie de 2004, avec les cours de danse *two-step* ou les cours de soccer, selon la saison, ou alors ils étaient fondus dans la masse grâce au pouvoir surnaturel d'invisibilité que donne le bilinguisme. Liza avait soupiré et dit : « OK. Mais pas de vacheries. » Fort heureusement, sinon Geneviève n'aurait rien à raconter aux autres en cette soirée d'hiver aussi sèche que la peau des mains qui se tendent sur toutes les bières en attendant la fin de l'histoire. Quant aux vacheries, elles étaient discrètes.

Isabelle a posé sa petite bouteille de Rhinaris au milieu de la table. Chacun en aspire quelques gouttes à tour de rôle pour humecter ses narines en lambeaux. Au moins, la cigarette est interdite dans les *lounges* depuis le 1er janvier. Avec le vent qui draine les gorges et les systèmes de chauffage survoltés, un irritant supplémentaire dans les lieux publics déclencherait une pandémie de bronchite.

— J'aime ton style, j'aime ton style, répète Caro à Geneviève à propos de son article.

La blondinette secoue les bras, mais son gilet reste collé. Elle gagne le concours de peau blanche aux côtés de monsieur RX Soleil, alias le journaliste anglo, qui suit la conversation sans rien comprendre. Dans les faits, malgré son regard enjôleur et sa cravate Boss remontée sur l'épaule, Chris Marshall est un spécialiste des affaires politiques. Il paraît que, dans sa langue, c'est quelqu'un de très intelligent.

C'est donc dire si un événement culturo-communautaire en déroute est pour lui un sujet assommant. Mais il reste là, l'air idiot, à regarder les filles commenter les ratés du Festival pendant des heures. Il a sans doute des racines italiennes ou latino-américaines, car les vrais Anglos du Milieu sont tous mariés à son âge et ne perdent pas la tête à la simple vue de femmes françaises.

Resté discret depuis le début de la soirée, Vincent écarquille soudain les yeux pour signifier à Geneviève qu'un individu indésirable se tient tout juste derrière elle.

— Qui ? Quoi ? Anglo ? Franco ? dit Geneviève en essayant de ne pas bouger les lèvres.

Pire : c'est une Québécoise convertie. Une espèce de sainte nitouche qui joue la communicatrice idéale, distribue des dépliants colorés et ne fronce jamais les sourcils.

— On ne t'a jamais vue ici, dit Geneviève, dont l'envie de fumer va l'emporter sur l'idée désagréable d'aller se geler les doigts à -40 °C.

— Je ne venais plus depuis que j'ai arrêté de fumer, explique justement Mireille Sauvé. La fumée m'embêtait. Mais cette ville fait tout pour me contenter... D'abord les restos, maintenant les *lounges*, bientôt les terrasses non-fumeurs... C'est extra.

Terrasses ? Absurdité ! Qui ose prétendre qu'on s'assiéra un jour en plein air, avec ou sans cigarette ? L'automne aura pointé le nez avant même que le fond de l'air se soit décrispé.

Geneviève, qui avait bien l'intention de se lever pour sortir, reste pourtant assise, bien tranquille. Ça y est, elle ne peut plus retirer ses yeux de ceux de Mireille. Ça alors ! Cette fille a même acquis le gène. Ses iris bien ronds, dans lesquels dansent cinq étoiles, repoussent ses sourcils et tout son front vers le haut, sous un gracieux toupet qui auréole le tout. Image de non-méchanceté on ne peut plus réussie.

— Assieds-toi, invite timidement Vincent. J'allais redemander de la bière et des nachos. Tu étais où ? s'inquiète-t-il, vu le ramassis de sottises dites sur l'AFM durant la soirée.

— J'étais dans le coin, là-bas, avec Denise Labossière. On mange ensemble de temps à autre. Je vous ai vus en entrant, mais Denise préférait rester à l'écart. Elle vous fait dire bonsoir, elle devait aller coucher les enfants.

Mireille s'assied sans embarras et adresse son plus beau sourire à l'ensemble du groupe.

— Alors, comment vont les Backbiteurs ? Toujours aussi optimistes ?

Un nacho triangulaire se prend dans la gorge de Geneviève. Comment cette fille si sage connaît-elle l'existence de leur club privé ? Ce n'est certes pas dans son bureau parfumé à la vanille, sous un ruban de soie rose, entre deux tercets composés pour glorifier une idée communautaire, qu'elle en a entendu parler. Clac ! Le charme se brise en même temps que le nacho, Dieu soit loué. Geneviève a toujours su qu'à un moment précis, la tête de cette fille ne lui reviendrait pas. Quelque chose ne collait pas, malgré tout le spray dans son toupet. Même les soi-disant « installés pour vrai de vrai » doivent bien consacrer une partie de leur vie à se demander si un jour, un beau jour, ils ne vont pas, tout de même, retourner dans l'Est. À la retraite, oui, au moins à la retraite ! On ne tait pas pour de bon, quand on est un migrant interne, la voix du doute sur son appartenance à un monde si plat. Cette Mireille était trop parfaite.

— Bon, je vais rentrer, là, dit Geneviève. J'ai une grosse réunion demain. Ma belle Margo, je vais payer au bar, d'accord ?

— Oh, oh... une réunion, un vendredi ! Tu manques la réunion de prod ? s'amuse Vincent.

— Il faut que je sois à 8 h à la Tour législative. Je rencontre le ministre Erickson avec une fille d'Ottawa.

— Ottawa ? Ouache.

— Non, elle est OK. Un peu pincée et puante de Calvin Klein, mais ça va.

Vincent cesse ses folies. Depuis quand Geneviève est-elle en relation avec des gens importants ?

— Tu ne m'as jamais parlé de ça, dit-il sans rire. C'est quoi, cette rencontre ?

— Rien, c'est rien, bredouille-t-elle.

Elle saisit son manteau et contourne la table pour se diriger vers la sortie. Au passage, elle remarque une chaise vide à côté de Roger Morin. Elle hésite deux secondes, puis s'assied. Elle s'immisce sans le savoir dans une ardente conversation sur les chances d'élection de Mamadi à la direction de l'AFM.

— Roger Morin, glisse-t-elle lentement à l'oreille du Franco-M en se demandant si elle est réellement en train de prononcer cette phrase, oui, j'aimerais énormément aller en montgolfière avec toi.

Le jeune homme se retourne aussitôt. Il laisse un moment ses yeux baigner dans les siens. Mamadi ne se rend compte de rien et continue d'expliquer pourquoi il ne deviendra jamais directeur de l'AFM et pourquoi il faudrait plutôt un jeune de la région pour combler le poste. Geneviève quitte le restaurant tandis que Roger la suit des yeux. Les clients hurlent un furieux « Brrr ! ». Marge fait claquer ses ballerines sur le plancher et court refermer la porte maintenue ouverte par une bourrasque furibonde.

De retour chez elle, Geneviève fait tremper ses doigts quelques minutes dans un bol d'eau tiède. Puis elle saisit le fameux ouvrage *Mieux communiquer avec les francophones* et en relit quelques pages en préparation du lendemain. Elle lave ses cheveux dans le lavabo et ouvre la porte de sa garde-robe. Un monceau de jeans, de débardeurs et de chandails à col roulé couvre le plancher. Elle le pousse du pied et retire de la tringle une jupe longue et un tricot noir qui n'ont pas bougé depuis septembre. « Je ne serai pas aussi mode que la fille d'Ottawa, mais j'aurai fait mon possible », pense-t-elle. Elle surprend dans son ventre quelque chose comme un état d'emballement ou, pire, de bien-être. Elle éteint la lumière en souhaitant de tout cœur que Vincent ne vienne pas la retrouver sous les draps.

29 février

La réunion s'est terminée sur la promesse de campagnes publicitaires intenses en français. « *You are absolutely right,* a admis le ministre, *this policy is not being respected. Every single governmental ad should appear in French in your newspaper. I will take care of this very personally.* » Et il est reparti en sifflotant vers son bureau, avec son exemplaire de *For a Better Communication with the French People* sous le bras. « Un Anglo pur sang, s'est étonnée Geneviève. Pas un mot de français, pas l'ombre d'un Métis dans sa généalogie. Où diable a-t-il pêché son intérêt pour la langue française ? »

Ils reviennent tous les trois de la Tour législative dans la voiture de monsieur Labbé, appréciant une conversation enfin plus légère. « Vous savez, moi, j'aime tout ce qui se fait dans l'Est, même *Star Académie*, confie le directeur de l'AFM. Non, non, ne riez pas de moi, mesdemoiselles. Car je vous le demande : où entendrais-je chanter en français autrement ? » Son rire innocent est avalé par un coup de vent dans le stationnement du *Franco*. Il monte au deuxième en entonnant « Je ferais tout » de Wilfred Le Bouthillier et Geneviève pousse l'enthousiasme jusqu'à inviter la fille d'Ottawa à s'asseoir dans son bureau.

— J'écrirai dans le compte rendu, Geneviève, que tu as fait preuve de compétence et d'efficacité. *Le Franco* est bien chanceux de t'avoir !

Geneviève détourne les yeux.

— Oh, tu sais, on m'a embauchée par téléphone et on m'a donné une avance. On me fournit la camionnette et j'ai déjà la permanence. C'est pas la vraie vie, ça. Dans l'Est ou dans le privé, j'en serais encore aux stages non rémunérés. Alors j'empile le *cash* et je prends la vie *cool*. Je... je vais probablement repartir en juillet.

La fille à lunettes est un peu mal à l'aise. Ce sont des paroles qu'elle entend dans tous les coins du pays. Elle écarte une mèche platinée et croise les bras sur son porte-documents.

— C'est bizarre, toi, j'aurais vraiment pensé que tu voulais rester. Tu semblais tellement convaincue tout à l'heure !

— Bah ! on se donne cet air-là, après un bout de temps. Ça passe mieux.

Geneviève se demande si elle arriverait à concurrencer Mireille Sauvé dans ce domaine. Elle poursuit :

— Mais ne t'inquiète pas, je ne te laisserai pas tomber. Je peux bien donner un coup de pouce au *Franco* avant de m'en aller.

La fille d'Ottawa retrouve son entrain.

— On a beaucoup de boulot. On n'arrivera à rien en forçant les fonctionnaires à respecter la politique. Il faut approcher les ministères l'un après l'autre pour les séduire. Il faut leur servir des avantages concrets, leur donner le goût de publier leurs annonces dans *Le Franco*. Il faut surtout se présenter comme des partenaires payants, pas comme des quêteux de subventions.

Elle laisse passer un petit moment, puis termine.

— Mais laisse-le-moi savoir quand tu rentreras. On manque aussi de personnel en communication dans la Grande Région. On ne dit rien à Liza, d'accord ?

6 mars

Marge a sommé les filles de cesser de se prendre pour Sheryl Crow. Le grand plat de *loaded nachos* s'est accroché au talon de la botte de Caroline lorsqu'elle est redescendue de la table en hurlant « *If it makes you happy, it can't be that ba-a-a-ad !* » Cette fois, Geneviève en a eu assez du désordre. Elle a invité Roger à boire un café chez elle, à deux pas. Elle n'était pas sûre qu'il préférât sa compagnie monotone au chaos du bar, mais il a dit OK. Vincent a fait semblant de ne rien voir et a continué à lancer des capsules sur la tête de Mamadi en le traitant de « directeur ».

Le temps qui sépare le Keg de chez Geneviève a soudainement cessé de se déguiser en période glaciaire. Roger a les mains nues dans les poches de son manteau de cuir. Ce soir, la balade demeure frisquette, mais elle n'est pas déplaisante. On rentre un peu le cou dans les épaules, on étouffe un frisson et on y est, en espérant que cette détente de l'atmosphère ne soit pas l'annonce sournoise d'une nouvelle vague de froid. Au pied de la Tour, Geneviève retrouve sa carte magnétique au fond de son sac à dos. Roger lève les yeux et reconnaît l'endroit.

— *Oh ! dear*, tu vis dans le *Native Building* !

— Le quoi ?

— Tu vis avec les Sauvages du centre-ville... Ta tour est pleine d'Indiens... On se demande tous comment ils font pour payer leur loyer. C'est cher, non ?

C'est le genre de commentaire qui heurte sa fierté de jeune professionnelle ayant les moyens d'un appartement et d'un voisinage convenables.

— C'est cher parce que c'est propre et bien équipé. Quant aux Indiens, c'est par choix. J'aime baigner dans le vrai monde et, en ville, le vrai monde, c'est ça.

Les Autochtones ont en effet enregistré une hausse fulgurante au dernier recensement. À ce rythme, on prédit que, dans vingt-cinq ans, leur nombre aura doublé dans la ville. Les chiffres vont totalement à l'encontre du sentiment général que la nation autochtone ne subsiste au pays que par tribus isolées en voie de disparition. En fait, elle a récemment franchi la barre du million et pourrait former la majorité de plus d'une capitale régionale avant longtemps.

Il est vrai que l'appartement de Geneviève est spacieux et bien rénové. Il suffit de s'enfoncer dans le sofa bleu, d'écouter couler le café, d'oublier les bruits insolites du palier, et c'est le repos. Justement, Roger est debout dans la cuisine trop éclairée à asticoter Geneviève qui enrage de ne pouvoir préparer le café en paix.

— Mais va t'asseoir, tu me gosses, là.

— Tsccch, fait-il en touchant son bras comme s'il était brûlant. J'adore les Québécoises. Vous êtes si détendues.

— Ôte-toi, le sucre est derrière.

Il se retourne pour ouvrir l'armoire, mais actionne le lave-vaisselle avec son genou.

— Non mais, ôte-toi donc!

Geneviève proclame en secret Roger Morin pire visiteur jamais reçu chez elle. Puis, de façon inexplicable, la scène se transforme. Roger baisse la voix, gagne le séjour et pose ses fesses. Geneviève se réjouit prudemment, craignant de le voir se remettre à gigoter ou de l'entendre échapper une mauvaise blague. Mais il a troqué le burlesque pour le drame et l'hôtesse commence à comprendre qu'il passe, comme ça, d'un genre à l'autre, comme avec la langue, comme dans ses pièces de théâtre. Il devine ce que le public attend et choisit de lui plaire ou de l'irriter, selon son humeur. À cet instant, il offre donc à Geneviève l'échange tranquille qu'elle recherche. Mais elle devra éclaircir, *do*, certaines questions.

— Que savais-tu de notre région avant de venir ?

Elle se tord un pouce. Ça y est, elle est perdue. Elle choisit la franchise, par dépit.

— Rien. Je pensais que Gabrielle Roy était québécoise.

— Tu as lu ses livres ?

— À l'école. Je ne sais pas pourquoi on la croit du Québec, alors qu'elle n'arrête pas de parler d'ici.

— C'est normal. Les libraires de Montréal la placent avec leurs auteurs. Et si elle a écrit sur notre région, elle l'a fait en Française, avec une belle grammaire hexagonale.

— Je me rappelle que c'était bien écrit.

— Justement, ça n'a rien de spécial. Le paysage de ses livres est le nôtre, pas les mots. Une langue n'est pas vraie si elle n'est pas brutalisée comme dans la vie.

— Belles phrases ou pas, tu ne vas pas nier qu'elle a dépeint la région à merveille ? Son cycle qui exalte la campagne du Milieu est connu dans le monde entier.

— Lis donc tout ça et on en reparlera. Je ne vois aucune apologie de la terre là-dedans. La petite Christine est toujours au bout du rouleau : il fait trop chaud, elle est incomprise, le lac n'est pas ce qu'elle pense. Elle a un cafard... digne de celui des Québécois d'ici ! Non, je trouve que c'est l'anti-roman total du terroir. Je n'ai jamais vu quelqu'un plus malheureux d'avoir grandi ici. Dommage qu'elle n'ait pas vu mourir les villages francos petit à petit, elle serait peut-être revenue !

Geneviève n'en rajoute pas, d'autant qu'elle n'a en vérité rien lu d'autre que *Rue Deschambault*. Elle poursuit son inventaire.

— Vers quinze ans, au secondaire, on apprenait tout de Louis Riel. C'est vague dans ma tête, mais les Métis, les droits supprimés, l'exil, la pendaison : on voyait tout ça dans le cours d'histoire. Mais il y a eu une réforme dernièrement et je pense que Riel a pris le bord.

— Oh ! tu sais, même Riel, notre plus grand héros, ne nous appartient pas vraiment. Les Francos se réclament de lui, mais on a perdu de vue que Louis Riel était au moins aussi Indien que Français. C'était un chasseur de bisons, on a tendance à l'oublier. Je pense qu'on a enterré les Métis un peu trop vite. Ils ressuscitent à toute vitesse, et en anglais à part ça. La scission s'aggrave avec les années. Dans la région d'à côté, surtout, il y a beaucoup de conflits. Les Métis ne tolèrent pas de partager leur chef spirituel avec des Francos.

— Tiens, Francos et Métis, je croyais que c'était un peu la même chose ?

— Plus aujourd'hui. Chacun a évolué de son côté. Les Métis ont essuyé les pires insultes. On a ri de leur cuisine, de leur musique, de leur peau sombre. Alors les Francos ont nié cette partie de leur identité et ont choisi pour de bon le mode de vie occidental.

— Mais ils ont du sang métis.

— Ils le cachent de moins en moins. Les ados, surtout. Ça fait *in* de descendre d'un rebelle. Prends Réal Lagimodière : sa mère a toujours clamé qu'il n'y avait pas d'Indien dans la famille. Eh bien, il s'est fâché et il est allé chercher sa carte officielle.

— Ah bon ?

— Oui. Et ton amie Francine, avec ses yeux de corbeau et son teint de boue, tu ne vas pas croire qu'elle descend des Vikings !

— Et monsieur Labbé ?

— Ah non ! celui-là nous tombe directement d'une famille suisse qui s'est installée au Havre pour produire du gruyère. D'ailleurs, tu devrais le voir négocier avec le chef métis qui ne parle pas français et qui fait deux fois sa taille et son poids. Il lui sert poliment des « vous savez » alors que l'autre menace de l'écraser avec son pouce.

Geneviève éclate de rire tandis que Roger devient pensif.

— Dire qu'un jour on a créé tout un peuple ensemble. On ne savait plus qui venait d'où, car on allait tous dans la même direction. Mais aujourd'hui, peu d'alliances sont possibles. On se bat pour le même butin : l'argent du gouvernement. Et on ne parle plus français qu'à Saint-Louis.

— Tu es tellement cynique. Je comprends pourquoi les Backbiteurs aiment te voir au Keg !

— Les gens d'ici sont si fades, si résignés. Je meurs d'ennui.

— Et moi je ne connais rien à rien. Beau couple !

Un silence s'assoit entre les deux. Geneviève redoute que Roger ne s'y agrippe pour se coller contre elle. N'est-il pas amateur de Québécoises libérées et bouillonnantes ? Geneviève a leur force de caractère, mais pas cette manie de se dévêtir devant le premier venu. S'il s'attend aux galipettes qui font la réputation de ses compatriotes de l'Est, il sera bien déçu. Elle est probablement une piètre amante, encore qu'elle n'ait jamais eu l'occasion de le vérifier.

Elle devrait toutefois avoir honte de prêter des intentions coïtales à son invité. C'est sous-estimer le fond de conservatisme qui tapisse le ventre de tout Franco-M, raisonnable ou insoumis. Après le café, il l'entraîne dans la chambre, mais se lance dans le lit, léger et rieur, pour lui montrer qu'il ne l'assaillira pas. Il n'y a rien d'urgent. Des sociétés entières sont bâties sur l'amitié, le respect et le soin donné aux enfants. Rassurée, Geneviève se laisse enlacer avec calme. Ils s'endorment front contre front, au chaud, repliés dans les bras de cette ville qu'ils abhorrent. Coincée sous lui, fiévreuse et sereine, elle se dit que l'amour ne doit pas être si pénible s'il comprime les êtres de cette façon.

7 mars

Le lendemain, Solange, la pigiste des régions lointaines, se verse un premier café en attendant les autres. Elle a fait trois heures de route pour venir au *Franco*. Ses petits yeux bruns rayonnent de joie, comme toujours.

— J'adore venir en ville, dit-elle à Geneviève, seule collègue présente dans la salle de réunion. J'en prends avantage pour *shopper*.

Geneviève aime bien aussi sa compagnie, malgré son horrible habitude de toujours paraître heureuse.

— Pourquoi tu ne déménages pas ici ? demande-t-elle.

— En ville ? Avec la pollution et le trafic ? Jamais de la vie ! Une fois semaine, c'est *way enough*.

— Ce n'est pas une si grande ville, voyons.

— Oh, je connais, quand même. J'ai été aux études pour deux ans *downtown*. Après, j'avais pas d'opportunité et je suis retournée au campagne.

Elle continue en pouffant :

— Mon mari pellette de la bouse de cochon dans une usine... C'est très payant !

— Je ne te crois pas !

— *Yes*, madame. Tu devrais venir voir notre grosse maison à Sainte-Agathe une bonne fois.

— Ton village s'appelle Sainte-Agathe ?

— Oué.

— Comme Sainte-Agathe dans les Laurentides ?

— Les quoi ? Je ne sais pas de quoi tu parles. *Anyways*, ma maison, c'est un *three-storey* tout neuf, hein ! Je fais mes petits appels en regardant dégeler la terre. Je vas bientôt voir les couleuvres de mon *office*.

— Les couleuvres ?

Solange hausse les sourcils. Se peut-il que quelqu'un ne connaisse pas cet attrait unique de son village ?

— *Ya*, des millions de couleuvres. C'est chez nous que ça se passe. Tu viendras voir. *So, ya*, je suis tranquille, sur mon *land*. Mais l'Internet haute vitesse ne se rend pas chez nous, *do*, c'est le seul problème.

Un brouhaha s'élève dans le couloir. On croirait que le premier ministre honore *Le Franco* d'une visite-surprise. Non, c'est seulement une fille que Geneviève ne connaît pas qui se présente à la réunion de production avec un bébé. Cela excite beaucoup les mamans de l'équipe, c'est-à-dire tout le monde, sauf Geneviève. La salle est vite remplie.

— Oh, bien, elle regarde deux gouttes d'eau comme son papa, celle-là ! dit Francine. *I guess* que je suis pas la première qui le dit !

— Elle a l'air comme si qu'elle rrrit tout le temps, hein ?

— Elle a eu des… des *colics, you know ?*

— Des coliques, oui, précise Liza.

— Mais *first thing you know*, c'est déjà terminé.

— Et c'est presque des bonnes mémoires, hein, après ?

— Tu as déjà retrouvé ta *shape*.

— Je nourris encore, *so* là, ça va. Mais je vais mettre du poids après.

— *Yeah, right*. Tu dis ça toutes les fois !

— Tu ne nous manques pas trop ?

— Actuellement, oui. Mais pas au moment. Je suis trop *beuzée*. Elle a un *raging touthache*... c'est quoi en français ?

Geneviève ignore aussi ce que peut être un *réjin to take*, mais personne ne répond. L'existence d'un équivalent français a été évoquée, c'est suffisant. Et puis ça y est, le fou rire général se déclenche. « Je suis formelle, je suis formelle, il n'y a rien eu de drôle », s'étonne Geneviève. Le calme revient après dix minutes et la maman quitte son siège, emportant bébé et sac à couches.

— Bon, bien, nous, on va faire des traces. On venait juste faire *peekaboo*. Prenez soin !

— *Right ooooon*.

Comme c'est le huitième congé de maternité en quatre ans, toutes employées du *Franco* confondues, Liza a l'habitude de la redistribution des tâches, qu'elle se refile généralement à elle-même. Ainsi, c'est elle qui se charge de la publicité tandis que sa vendeuse habituelle s'occupe des *rash*, des *diapers*, de la formule et des *touthache* de ce troisième bébé francophone jusque dans le fond du *crib*. Assez perdu de temps, les sujets d'articles ne se trouveront pas tout seuls.

— Geneviève, les pêcheurs de Saint-Louis ? Pour le 21 ?

Les cheveux ondulés de Vincent apparaissent dans la vitre. Geneviève invoque une réunion avec la radio et s'échappe de la salle.

— Hé, hé, je te délivre, hein ? dit-il.

— Je n'ai pas dormi de la nuit et il fallait faire des *ga-ga-gou-gou* ce matin.

— Pas dormi de la nuit ? dit-il, soupçonneux. Tu es partie la première du Keg ! Je dois filer en haut, mais on s'appelle. On est dus pour une bonne jasette, toi et moi.

Il part en trombe. Geneviève se demande si c'est bien la peine de l'affoler avec ses histoires. Faut-il absolument faire le point tout de suite ? Ce n'est pas si désagréable d'être écartelée entre deux mâles.

18 mars

— Tu veux dormir chez moi ? dit Geneviève.

— Encore ?

— Hiiiiii !

Un serpent s'est enroulé autour de la cheville de Geneviève. Roger se penche et détortille le reptile avec douceur. Il en saisit une dizaine d'autres qui s'enchevêtrent à ses propres pieds, puis les lance tous à bout de bras. De petites têtes à écailles continuent d'émerger de chaque faille de roche pour se diriger tranquillement vers eux. Derrière les fossés rocheux, les terres boueuses du printemps s'étendent sur des kilomètres.

Elle sort un carnet de sa poche.

— On en a vu combien faire l'amour ?

— Je ne sais pas, ils s'accrochent par dizaines aux femelles. *Jeez*, regarde celle-là, elle va mourir étranglée.

Partout autour, sur les monticules de calcaire, les mâles se chauffent au soleil d'après-midi, s'agitent, frottent leur menton sur le dos des femelles qui gonflent leurs poumons afin de paraître plus grosses et plus fertiles. De fausses femelles libèrent un parfum spécial et profitent de la confusion pour féconder la vraie femelle. Avec le réchauffement anormal qui s'est accentué dans les dernières semaines, les petits serpents à rayures de Sainte-Agathe connaissent une saison des amours aussi débridée que précoce. Les chercheurs de l'Oregon n'auront même pas le temps de venir observer les parades et les boules d'accouplement que les petites bêtes auront déjà glissé jusqu'au marais pour l'été.

— On dirait des spaghettis vivants, comme dans un film d'horreur, dit Geneviève avec dégoût.

Roger serre un serpent entre ses doigts. Il est content.

— C'est la plus grosse colonie au monde. Tu ne reverras plus jamais ça de ta vie.

Il met son doigt devant la bouche du serpent pour recevoir de petits coups de langue. Il lui flatte la queue, puis le dépose dans une fissure du sol, à quelques pieds de lui. Il regagne la camionnette en prenant soin de ne pas écraser du talon les petites têtes qui surgissent autour de ses pieds. Geneviève note encore quelques détails dans son carnet et court le rejoindre dans le véhicule.

Sur le chemin du retour, Roger allume le lecteur de CD.

« *Springtime melts the snow, rivers overflow, Portage and Main, fifty below.* »

— Mais c'est mon disque ! s'écrie-t-il.

— Je l'ai, je le garde, dit l'autre en rougissant.

Et il chante, par amour de la plaine et pour trouver la lâcheté d'y rester. Au volant, elle sourit, retrouvant d'un coup cette sensation de soulèvement qui a marqué sa visite à Saint-Louis, il y a quelques jours. Elle se remémore l'expérience avec jouissance. Sur la glace fragile du lac gigotaient trois poissons fraîchement attrapés. Un homme aux cheveux noirs les a éventrés puis lancés dans du beurre brûlant. Elle a dégusté la chair délicate dans la tiédeur des vents de Saint-Louis. Depuis, l'âme de l'animal se promène dans ses veines et la maintient dans une espèce d'euphorie ésotérique. Elle a même demandé à Liza de couvrir l'accouplement des couleuvres jarretières pour réinviter Roger à sortir de la ville. « J'espère que le petit serpent l'a piqué comme j'ai été empoisonnée par le brochet du Métis », pense-t-elle. C'est un danger de mort délicieux.

Roger répond enfin à la question initiale.

— OK, je dors chez toi. Mais je vais à la salle de théâtre demain matin. Je t'invite à petit-déjeuner.

— Ah oui, et où ça ? J'ai fait le tour, il n'y a qu'un Subway sur le boulevard.

Roger met la main sur sa cuisse et la secoue un peu.

— Étrangère, tu ne peux pas tout connaître. Il y a un petit restaurant dans le *basement* du Centre culturel. Ça s'appelle le Francœur. Ce n'est pas le grand luxe, mais la cuisine est acceptable. Il y a des cretons, des bines, ça te rappellera chez toi. C'est la saison de la cabane, non ? Tu verras, c'est *cosy* comme un salon. Par contre, je t'avertis, on risque de voir du monde qu'on connaît.

Que voulait-il dire? Que les gens comprendraient qu'ils ont dormi ensemble ? Que cette sortie publique de si bon matin rendrait leur couple officiel ? Ou simplement qu'ils n'auraient pas la paix ?

— Rendez-vous pour dîner, ce sera mieux, dit Geneviève.

Roger fait une grimace de déception. Il venait en fait de proposer d'officialiser, tout doucement, leur relation. Comble de l'offense, elle ajoute :

— Tu sais, les gens peuvent savoir qu'on couche ensemble, je m'en tape. Je suis un peu sauvage, c'est tout. Je préfère avoir la paix.

Elle reprend son carnet, en tourne deux pages, puis écrit: « Caroline était une couleuvre. Une fine couleuvre à flanc rouge qui souhaitait mourir étouffée sous dix serpents se chamaillant pour elle. Moi, j'étais l'empotée, celle qui rampait le long des champs, bouchon de sperme sous la queue, heureuse de faire fuir tous les autres mâles. »

Derrière eux, la terre avale le soleil et, droit devant, de gros blocs de béton rose refont surface.

27 mars

— Quelle intelligence !
— Arrête.
— Quel sérieux !
— Tu es folle.
— Quel style !
— C'est ça.

Caroline fait chut ! à Geneviève. Elle pose les coudes sur les genoux et avance son nez encore plus près du téléviseur, si cela se peut. Un jeune homme distingué raconte une histoire de première importance. Il porte un long pardessus marine et ses doigts gantés tiennent un micro « NTV ». Sa voix ferme, sa pose solennelle et son regard perçant dénotent un travail monomaniaque de l'image ou, qui sait, une compétence exceptionnelle. Geneviève échoue à côté de son amie dans le sofa bleu.

— Quel est le sujet ?

Caro se retourne vers elle avec des yeux méchants.

— Comment veux-tu que je sache ? C'est en anglais.

Geneviève vide sa bière d'un trait. Le reportage se termine sur une annonce si dramatique qu'il faut être fou pour ne pas avoir regardé les nouvelles en français. À moins d'être sûr à 100 % qu'il ne s'est rien passé de grave dans la journée, par exemple si on est soi-même journaliste. C'est le cas et, en effet, la journée fut aussi pauvre en événements que ne l'est la région M en marées océaniques. Geneviève regarde sa montre. Il est 18 h 04. Heureusement, le joli Chris Marshall et ses explosives nouvelles politiques sont toujours en début de bulletin. Geneviève éteint et Caro garde la bouche ouverte, tétanisée après le miracle.

— Allons, viens, il sera au Keg dans dix minutes, ton homme. Les autres, par contre, nous attendent depuis longtemps.

Elle a terminé sur une note d'impatience. Caro se lève d'un bond.

— Quels autres ? Qui es-tu pressée de voir ? glapit-elle.

— Personne, j'ai des histoires à raconter.

— Qui veux-tu voir ?

— Il paraît que la prière du matin pourrait disparaître du primaire.

— Qui, qui ?

Caro brandit sa bouteille de Molson Export bien haut. Elle en a trouvé une caisse pleine dans le frigo de son amie.

— C'est à Vincent, ça ! Personne d'autre ne boit cette bière de vieux marabout ! Et tu en as chez vous !

Geneviève rougit.

— Avoue, avoue ! dit Caro.

— Tu te tais et tu sors ! Ou alors je dis à Chris Marshall que tu l'espionnes tous les soirs à la tévé.

Elles enfilent toutes deux leur veste de denim. Pour une fois, l'ascenseur redescend d'un seul coup. Au rez-de-chaussée, Geneviève glisse en vitesse une miniclé dans sa boîte aux lettres. Caro est déjà à l'extérieur et redresse avec les doigs ses cheveux fouettés par la brise. Geneviève retire une carte postale du fond de la boîte. Au dos d'une tour Eiffel à demi cachée par des toits argentés, on peut lire :

Salut coloc. Deux mots pour te dire que je tripe vraiment, ici. J'étais partie pour un an, mais j'ai vraiment le goût de rester. La culture est fascinante, la cuisine riche et les gens passionnants. Je ne crois pas pouvoir honorer mon engagement de reprendre un appart avec toi en septembre. Je voulais te le dire d'avance... Au plaisir d'entendre tes histoires de Far West*!*

La coloc qui t'a trouvé ta job.

Geneviève dissimule la carte dans sa poche. Sur le chemin du Keg, elle en rogne le bord avec ses ongles.

10 avril

Elle s'est engagée à pied dans la rue Desserronz, celle qui s'allonge à l'infini devant *Le Franco* à partir du boulevard Provencher. Il est tout juste 16 h 35, mais la route s'alourdit déjà de travailleurs qui retournent vers la banlieue. Soulevée par les voitures et projetée par le vent, la poussière entre sous ses paupières. « Ce vent ne me lâchera donc jamais. » La doublure de mouton picote ses bras sous le soleil toujours plus chaud d'avril. « La rue Desautels est la quatrième à partir du boulevard », a indiqué Vincent à l'heure du lunch. Ce n'est pas très loin. Elle a déjà passé les rues Marion et Goulet. « Quelle misère, ces maisons tachées de sable et brisées par le vent. Et qui peut bien endurer ce roulement d'autos à n'en plus finir ? »

Au moment de traverser la troisième rue, elle s'arrête net devant le panneau indicateur : « La rue Deschambault ! » Elle demeure longtemps immobile, laissant mourir dans sa mémoire l'image d'une rue paisible au cœur des champs. Les moteurs continuent de hurler dans l'air poussiéreux.

Déroutée, elle interrompt sa marche. Elle essuie la sueur sur son front, puis enlève sa doudoune. Bras nus au croisement de la rue Deschambault, elle sort une bouteille de son sac et prend une grande gorgée d'eau. « Roger attendra un peu. »

Elle tourne à gauche et s'avance dans la rue étroite. À l'ombre intermittente de grands arbres sans feuilles, le silence revient. Le vent désordonné se transforme en souffle discret et l'air se fait plus frais. Les maisons, sans être en excellent état, sont plus spacieuses et mieux entretenues que celles de la rue Desserronz. « Elles approchent bien cent ans, ces maisons », remarque-t-elle. Leur allure extérieure n'est pas homogène, mais elles sont toutes bâties sur le même modèle : deux pleins étages de superficie moyenne et un demi-étage sous les combles. Une ou deux lucarnes carrées percent les toits. L'ensemble est plutôt charmant. « Je voudrais bien savoir où habitait cette Christine. »

La courte rue débouche sur une rivière, ce qui la protège de l'expansion industrielle. En effet, une gigantesque usine de transformation de porc s'est implantée juste de l'autre côté et s'étend jusqu'où elle peut. Geneviève s'assied sur le dernier bout de trottoir et plonge les yeux dans le maigre cours d'eau qui semble n'aller nulle part. « Mais quand elle sort de la ville, cette rivière, avec ses buissons frémissants, son flot soutenu et la plaine tout autour, je suis sûre que c'est celle de Christine. La rue Deschambault s'est tout simplement trompée de place. »

Elle se relève, revient sur ses pas, mais ne retourne pas dans la rue Desserronz. Elle poursuit de l'autre côté, sur le prolongement de la rue Deschambault, qui porte un autre nom, sans changer de style. Plus loin, toutes les rues accueillent aussi des arbres géants et de hautes maisons carrées. Des enfants circulent à vélo dans les ruelles qui relient les cours arrière entre elles. Quand on s'enfonce un peu plus, on découvre aussi de vieux bâtiments de pierre blanche. « Oh ! la pierre de Tyndall ! » Écoles, couvents et centres communautaires, dispersés dans le quartier, en sont tous recouverts. Tout ce qui existe de laid par ici, finalement, ce sont ces deux rues achalandées, Provencher et Desserronz, au nord et à l'est, qui se croisent exactement là où est planté l'immeuble du *Franco*, sans donner d'indices de ce qui se cache entre les deux.

Geneviève tournaille, bifurque, erre, presque émerveillée, puis se retrouve par hasard dans la rue Desautels. Roger habite au nº 19, une modeste maison de plain-pied, enduite de stuc gris, mais ce n'est pas grave. « Il est propriétaire, ce qui est épatant pour un gars de son âge, un artiste en plus », pense-t-elle en sonnant chez lui pour la toute première fois.

C'est tout à fait curieux de le voir ainsi, pantoufles et tablier, réjoui, dans la chaleur de cette demeure qui est la sienne. Il n'est donc pas toujours un chemineau qui traînaille, avec son manteau de cuir noir à zips, ses cigarettes et son air rembruni, déversant son fiel dans l'oreille des Backbiteurs ou consumant son temps aux répétitions de la troupe universitaire. Ils se voient depuis un mois. Pourquoi n'est-elle pas venue avant? Ils sont bien mieux ici, dans des fauteuils de velours côtelé, avec une fenêtre ouverte donnant sur le cui-cui des oiseaux. Il a dressé le couvert et préparé un repas. Il lui tend un verre de vin. OK, ni bière ni nachos pour ce soir. On joue les amants qui ont de la classe. Ça ne peut pas être si affreux.

*

Roger fait tomber un peu de cendre dans le lit en tapotant le cendrier. Geneviève s'est relevée sur son coude.

— Pourquoi tu détestes autant ton monde ? dit-elle.

— Tu dors, je te dirai ça une autre fois.

— Non, non, je suis réveillée, là. J'aimerais bien savoir.

Roger prend une longue et grave bouffée.

— C'est juste un rôle, ma belle. Vous prenez plaisir à rire de nous, je vous bats sur votre terrain. *Fair enough*, non ?

Geneviève lui jette un regard réprobateur. Il souffle sur le drap. La cendre s'éparpille. Elle pose le cendrier sur la commode.

— Mais c'est vrai que je voudrais être né ailleurs. Les Francos-M ne font pas partie de la francophonie. Ils ne réfléchissent jamais à leur place dans le monde. Tout ce qu'ils savent, c'est que l'Est les énerve. Mais les Québécois sont des dominateurs tellement insignifiants ! Ils sont aussi minoritaires que nous sur le continent. C'est quand même bien la France qui est le cœur ! Il faut en connaître un peu l'histoire, la littérature, la chanson ! Les Francos-M ne connaissent rien. Tu leur parles de la France, ils te répondent qu'ils n'iront jamais, parce que les toilettes sont sales et que les garçons de table sont de mauvaise humeur.

Geneviève ravale un peu de salive. Roger passe ses nuits avec une Québécoise qui ne s'intéresse ni à la France ni à la francophonie. Sa propre bêtise la fige.

— Écoute, dit-elle, je n'y connais rien. Mais n'est-ce pas ça, au contraire, qui est génial ici ? Des gens qui parlent français sans aucune raison ? On prête toutes sortes d'intentions au peuple… On pense qu'il tient à sa langue, qu'il la trouve belle ou laide, qu'il la sent menacée. Le francophone moyen ne pense pas à ça. Les descendants de colons, de colonisés et *whatever* se crissent bien de la France et du reste. Leur langue pourrait être n'importe laquelle. Il se trouve que, par hasard, c'est le français.

Les yeux de Roger se teintent d'une triste sévérité.

— Le manque de connaissances, ce n'est jamais loin de la faiblesse, de la pauvreté, de la servitude. C'est ce qui m'embête.

— Moi, j'aime l'idée que c'est la masse qui a le pouvoir, dit Geneviève dans un sursaut d'enthousiasme. Elle n'a jamais entendu parler de francophonie, mais elle nage en plein dedans, sans cadre, sans définition. C'est toute la grandeur de l'affaire. La langue est incontrôlable. Elle se parle, se parle mal, se coupe, se raboute, se perd ou bien même survit, et personne n'y peut grand-chose !

Ce n'est pas le genre d'argument qui convainc Roger de la valeur des siens.

— Ça me rend triste de voir les Francos-M si absents du réseau. Toutes les anciennes colonies ont un pied-à-terre en France : Québec, Maghreb, Antilles, Afrique. Où sont les Francos-M ? OK, tu me diras qu'ils ne sont pas nombreux et qu'ils ne descendent pas tous de Français. Mais ils ne savent rien non plus de la Suisse ou de la Belgique ! Ce qui a eu lieu avant Louis Riel ou ailleurs que chez eux ne les intéresse pas.

Il tire une bouffée et enchaîne.

— Prends Mamadi. Il est ivoirien. Pour lui, la francophonie, ce n'est qu'un reste de domination française. Les plaies saignent encore dans sa tête. Francophonie égale France, égale occupation, égale domination, égale torture. Il ne veut rien savoir, mais au moins il sait pourquoi.

Oups. Mamadi, Ivoirien. C'est où, ça, l'Ivoire ? Ce n'est pas dans le sud de la France ? Vite, vite, il faut se rattraper. C'est quelque part en Afrique. Et à ce que dit Roger, ce doit être une partie qui a déjà été envahie par la France.

— Bien justement, Mamadi, il aurait toutes les raisons de ne pas parler français, j'imagine, mais il le fait quand même. C'est parce que c'est sa langue, voilà tout. Veux-tu bien écraser ça, le lit est tout sali ?

Elle pousse un grand soupir et poursuit :

— Regarde-toi, mon cher... Tu peux bien faire ton savant, là, ton franco-français de j'sais pas quoi, te voilà prêt à t'en aller et à abandonner les tiens. Alors que tes Francos-M, là, ils ne se posent pas dix mille questions, ils font des enfants et ils la transmettent, la langue. Tout croche, mais pis ! C'est comme ça qu'elle survit, et pas avec des célibataires comme toi qui cogitent dans leur coin en vénérant la France.

Il ne l'écoute pas.

— Dans mes rêves, la francophonie du monde entier, un beau jour, se réunirait ici, dans le carré franco. Soixante pays... une visite colossale, qui prouverait aux Anglos, juste une petite fois, qu'on leur apporte quelque chose. Mes complexés d'amis verraient comme ça peut être beau un tas de francophones ensemble, en plein milieu d'une terre anglaise.

— Tu les logerais où, tes invités ? Au motel Marion ? Il n'y a rien de potable dans le coin.

— On construirait un hôtel juste pour ça. Mais on passerait les nuits dehors, et les plus métis d'entre nous cuiraient du bannock sur le feu. Le premier ministre serait jaloux de nos relations. Il viendrait nous voir en cachette, vêtu d'un capot de laine bleue, en signe de respect des traditions des voyageurs. Il boirait une tisane de sapin très spéciale et dormirait sur le sol. Le lendemain, il se réveillerait à la tête d'une région bilingue. Il l'annoncerait à la planète entière. Le Nouveau-Brunswick serait furieux de perdre sa différence spécifique. Et moi, je ne repartirais plus jamais d'ici.

Ils s'endorment, tous les deux songeurs, au 19, rue Desautels, sur les cris de quelques enfants qui tentent encore d'échapper à l'heure du coucher, passée depuis longtemps.

19 avril

Les rues sont désertes en ce samedi matin et le soleil fait le plein d'énergie. Geneviève a encore une fois passé la nuit dans le carré français. Elle se dirige ce matin vers l'université, dans le but de couvrir une consultation sur l'avenir démographique de la communauté.

Elle marche au milieu de la rue. Ce n'est pas de chance : dès que s'installe le printemps, les peupliers du quartier, dont les branches séchées par le froid tombent sur la tête des passants durant l'hiver, se remplissent de millions de bestioles. On ne peut fouler le trottoir sans qu'un petit ver vert, pendu au bout de son fil, ne vous frétille sous le nez. Si l'objectif est de se balader tranquillement en laissant ses pensées errer, il vaut donc mieux marcher au milieu des rues où les branches des arbres ne se rencontrent pas.

À l'arrivée de la journaliste, le petit amphithéâtre est déjà plein. C'est l'AFM qui a organisé cette journée de délibérations, au risque de se faire encore reprocher de dilapider les fonds publics et d'importuner les gens durant la fin de semaine. Mais, au dire du radieux consultant embauché pour analyser un contexte cent fois analysé par d'autres, produire une étude naturellement non exhaustive, présenter ses résultats un samedi, affoler les gens, les inviter à trouver eux-mêmes des solutions et surtout soulager l'AFM de son excédent budgétaire annuel, la question de la démographie mérite, encore une fois, d'être étudiée.

Il faut être pauvre pour avoir envie de se reproduire. Ce fut le cas des Francos, dans une autre ère, mais aujourd'hui, ce sont plutôt les Autochtones qui ont une démographie galopante, même si on ne veut pas le savoir. Les Francos sont au fil du temps devenus trop riches, trop détachés de leur instinct de survie pour continuer à se multiplier. Quand on a les moyens de jouir de la vie, on se persuade vite qu'il y a plus agréable que d'entendre hurler une colonie de petites sangsues. Et il est impossible d'ajouter trop de bébés à un horaire où les *ribs* du resto-bovin Montana's, le magasinage à Fargo, au-dessous de la frontière, et les soirées de *two-step*, au sous-sol de l'église, occupent déjà les carreaux libres entre des journées de travail soi-disant bien remplies.

Les Francos ont donc un problème de reproduction, répète le conférencier. Cependant, il ne faut pas être injuste. D'autres groupes du pays sont de bien pires géniteurs encore. Les francophones de l'Est, peu nuptialisés et fortement divortialisés, arrivent loin derrière dans les statistiques. On reste en fait assez étonné de toute la marmaille qu'élèvent des jeunes de vingt ans quand on met les pieds dans la région M. Geneviève a toujours l'impression de nager en plein baby-boom. Les filles prennent même le nom de leur époux et les catherinettes, qui cherchent encore mari à vingt-cinq ans, sont rarissimes.

Mais le consultant assure que ce n'est pas encore assez, compte tenu de l'assimilation (aïe, pas ce mot !), causée entre autres par l'union matrimoniale des Francos avec des Anglos. Ce sont en fait les papas qui causent tous les problèmes en choisissant une compagne qui s'adresse aux rejetons dans la langue de Shakespeare. « Pour le reste, ça va bien à 86 % », dit celui qui habite en réalité la très fertile et très anglaise région d'à côté. Ce n'est certes pas cet homme efflanqué qui se gratte l'oreille en exposant ses principes de gestion humaine qui inspirera des accouplements aujourd'hui. De toute façon, les dames présentes ont toutes transmis le français à leurs enfants. Ce sont les absents qu'il faudrait convaincre.

Notre ami est un super-spécialiste de l'immigration. Il a quitté la fonction publique il y a deux ans, et il encaisse ses allocations de retraite en complément de ses nouveaux honoraires, trois fois plus élevés que son ancien salaire. Selon ses pronostics, si la communauté accueillait mille nouveaux arrivants par année pendant vingt ans, le problème serait réglé. Mais sait-il qu'elle compose déjà péniblement avec la petite dizaine de personnes qui choisissent, bon an, mal an, de transporter leurs pénates dans la région ? Il semble difficile d'admettre de nouveaux passagers dans une caravane qui évolue depuis deux cents ans sur le même chemin de haies sèches, de vents changeants et d'hiver brutaux sans perdre le cœur du groupe. Difficile aussi de croire que l'ouverture aux étrangers est aujourd'hui nécessaire quand c'est le resserrement des rangs qui, un jour, fut la clé de la survivance.

Pour l'instant, les nouveaux venus n'ont en quelque sorte pas droit au titre de Franco-M. Seulement ceux qui ont accompli de grandes choses peuvent y prétendre. Avec eux, on accepte de partager son identité, un peu comme une récompense. Les autres sont en probation pour une durée indéfinie. Peut-être que les enfants de leurs enfants, dont on aura oublié l'origine, auront droit au titre. Rendu là, aucun Franco de souche ne sera vivant pour s'y opposer.

En outre, une dame bien connue et bien impliquée dans la région depuis cinq ans ne se retrouve ni dans les termes ni dans les chiffres déployés sur l'écran géant de monsieur Immigration.

— Pardon, où sont les francophones des autres régions du pays dans vos théories ? demande-t-elle.

— Ils n'y sont pas. On les appelle les… les « migrants internes », voilà, dit-il, un peu gêné.

Geneviève se retourne et jette un œil sur le groupe. Sur les cent personnes présentes, il y a bien trente migrants internes, surtout de l'Est, qui se tortillent sur leur chaise en tâchant de ne pas avoir l'air concernés par la question. Pourtant, vu leur envahissante présence et la portée de leur diaspora dans tout le pays, on se demande parfois si le gouvernement fédéral ne finance pas les communautés francophones simplement pour faire croire aux gens de l'Est qu'ils sont partout chez eux... et ainsi refréner leur envie de séparation. Dans les faits, 90 % des nouveaux arrivants francophones proviennent d'autres régions du pays.

Tout serait plus simple si le potentiel de l'Est était reconnu et mieux exploité. Un arrivage aussi conséquent sans aucun repêchage n'est-il pas un filon plus intéressant que les deux ou trois réfugiés qui arrivent, tous les ans, complètement démunis, de pays où la culture n'est quand même pas moins éloignée de celle des Francos-M que celle des migrants internes ? L'aide humanitaire, on y croit, mais pas comme stratégie de peuplement, bon sang !

Les migrants internes déferlent sur la région, mais n'apparaissent ni dans les chiffres du monsieur, ni dans les stratégies de recrutement, ni parmi les personnes importantes de la communauté, Liza Durand exceptée. Les ignore-t-on parce qu'ils finiront par repartir tôt ou tard ? Très bien, mais tandis qu'ils sont ici, ils forment bien la moitié de la main-d'œuvre dans plusieurs secteurs et certainement la majorité de ceux qui utilisent le français dans la vie de tous les jours. Et quand le reflux les renvoie, une nouvelle vague en ramène d'autres.

La dame se rassoit, satisfaite d'avoir saboté les calculs du consultant. Mais la journée est trop rigoureusement planifiée pour changer de cap. Elle s'écoule donc en suivant l'horaire établi, sans respect pour l'intervention de la dame, et colorée de temps à autre par des discussions sur le potentiel du Mali, du Maroc et de la Martinique, sortes de régions M s'il en est.

À la pause de l'après-midi, Geneviève sort pour fumer. Mamadi est assis sur une rampe de béton et regarde les vers se balancer sous les feuilles d'un peuplier bien branchu.

— Ça doit te faire chaud au cœur, non, tout cet engouement pour l'immigration ? dit-elle.

Mamadi ferme ses grands yeux blancs.

— Je ne veux pas être méchant, répond-il, mais la communauté ne connaît rien à l'immigration. Si on pense que par magie les gens vont venir ici, aimer l'endroit et faire des petits, attention, ce ne sera pas si simple. Les gens ne vont pas oublier d'où ils viennent et se transformer en monsieur et madame Lagimodière.

Il garde les yeux fermés et poursuit.

— Les Français vont se plaindre un bon coup, puis repartir. Les Africains vont rester, mais se disputer entre eux. Les Maghrébins vont maudire l'AFM d'avoir caché qu'il fallait parler anglais pour vivre ici.

— Arrête, arrête, espèce de raciste, l'interrompt Geneviève en riant.

— Je sais de quoi je parle, Geneviève. Cette grande francophonie égalitaire où tout le monde circule gaiement, je n'y crois pas. Tout ça, c'est inventé par la France pour garder un peu de puissance alors que le français est en chute libre partout.

— Roger dit au contraire que la France, c'est la diversité à son meilleur.

— La France est un désastre. Son obsession de vouloir s'étendre a abouti à une implosion. Trop de colonisés ont retrouvé le chemin jusqu'au cœur de l'envahisseur. La France déborde. Les tensions raciales et sociales s'aiguisent. Les immigrants sont aujourd'hui des parias qu'on voudrait jeter hors du pays. Et la francophonie est un mouton à cinq pattes qu'on tente encore de tenir en laisse. Quand on se souvient du mot ! Car la plupart préfèrent ignorer que des barbares, des négros, des ratons et des bougnouls parlent la même langue qu'eux en dehors de leur pays autrefois si propre.

Dis donc, ça ne va pas, toi, aujourd'hui !

— Oui, ça va. J'ai peur qu'on répète des erreurs, c'est tout. Si l'immigration reste liée au développement d'entreprises, ça peut marcher. L'économie et le travail, c'est la clé.

Geneviève réfléchit quelques secondes.

— Ça, je n'en suis pas sûre. C'est justement le travail facile qui tue les Francos, d'après moi. Les belles révolutions éclatent quand les gens n'ont rien d'autre que du temps et de la frustration. Les Francos ont une sécurité d'emploi et un compte de banque bien garni. Les convictions prennent vite le bord quand on est propriétaire d'une grosse cabane à vingt minutes de la ville et qu'il y a le râteau à passer. À quoi bon se déplacer et contre quoi s'élever exactement?

Dans le silence du campus verdoyant, une clochette se fait entendre. Mamadi saute lestement de la rampe. Ils rentrent pour la fin de la session. Personne d'autre n'a quitté l'amphithéâtre pour la pause. Les chefs de file essaient déjà de s'entendre sur une quelconque conclusion. Geneviève scrute encore une fois le long monsieur, puis écrit sur une page de son carnet:

Personne ne s'était interrogé sur la propre planification personnelle à long terme des planificateurs. Ces joyeux brigands, plus intéressés les uns que les autres par l'affaiblissement de la francophonie, envisageaient secrètement de léguer, le moment venu, un problème non résolu à la prochaine génération de conseillers qui chercheraient du travail. L'incapacité d'agir des meneurs de la communauté était certes mortifère à la longue, mais on ne pouvait douter que, de tout cœur, ils souhaitassent un renversement de la tendance démographique, ce qui était on ne peut plus incertain chez les autres.

« *Yish*, souhaitaient, souhaitassent, souhaitât, il faudra que je demande à Liza. » La journaliste note ensuite sagement les résolutions inexécutables de la journée. Tiens, fait étonnant, on forme un groupe de travail – un autre –, sur la question. Geneviève lève les yeux sur le groupe de penseurs acharnés et sourit de bonne foi. Elle ressent un calme, un détachement qui s'apparente peut-être à la quiétude de ceux qui ont trouvé un autre objet qu'eux-mêmes sur qui porter leur attention. « Discutaillez tant que vous voulez. » Il se trouve qu'elle, une méprisable migrante interne, a été amoureusement retenue toute la nuit par un Franco-M qui l'a priée de rester avec lui. Toutes les machines de recrutement, toutes les structures d'accueil, tous les groupes de travail n'auront jamais d'effet aussi invitant.

22 avril

La transaction est conclue. Le restaurant Francœur du Centre culturel fermera ses portes en juillet pour laisser place à une franchise de la chaîne de déjeuners Soleil amical, fondée dans l'Est et empressée de s'étendre à tout le pays. On y retrouve les classiques canadiens-français : cretons de porc, crêpes et fèves au sirop d'érable, c'est-à-dire exactement ce qu'offrait de façon irréprochable le Francœur, mais produit en quantité industrielle. En plus d'un menu-catalogue qui offre aux clients quatorze types d'omelettes, une variété parfaitement inutile de yogourts aux graines et des « montagnes de fruits frais » copiées sur la Californie, le restaurant fournira le papier peint à carreaux et les imitations de dessins d'enfants pour décorer sa nouvelle salle à manger. Tant mieux, car il en faudra des simagrées pour faire oublier la belle cheminée blanche et le joyeux tapis de l'ancien Francœur !

C'est un peu ce que raconte l'ébauche du prochain article de Geneviève. Liza agite son stylo rouge.

— OK, ma chouette, on va aussi revoir ce texte. D'abord, le titre. Penses-tu vraiment qu'on va laisser « J'ai mal au Francœur » ? On va mettre « Un Soleil amical illuminera la communauté ». On va *deleter* cette citation : « Nous tenions ce petit restaurant depuis vingt-trois ans et le Centre culturel nous oblige à le fermer. » On va remplacer par « C'est un grand honneur pour le Francœur d'être transformé en Soleil amical. » Ensuite, c'est quoi ce *lead* qui insiste sur la fermeture du vieux restaurant au lieu de l'ouverture du nouveau ? Elle biffe « empressée », « irréprochable », « inutile », « copiées », « simagrées », « belle » et « joyeux ».

— Tu le fais exprès, va ! dit-elle. Objectivité, ma grande, objectivité. Ils sont trop chargés d'émotion, tes mots.

Elle brandit son stylo et donne de petits coups en l'air à chaque principe de base qu'elle rappelle :

— Pas d'adjectifs ! Pas de superlatifs ! Des mots simples ! Des phrases courtes !

Elle rit et se rassied.

— Tu sais, ta colère n'est pas du tout partagée, ici. C'est vu comme une excellente nouvelle : des menus en français, des liens économiques avec l'Est. Pourquoi tu y tiens tant, au Francœur ? C'était mal entretenu et toujours vide.

— Ce n'est pas vrai !

— OK, OK, je ne sais pas, je n'y suis jamais allée.

— Alors biffe « mal entretenu » et « vide ». Question d'objectivité.

Elles échangent un clin d'œil, puis rassurent Denise, venue vérifier si une dispute n'éclatait pas. Un peu de discipline, on n'est encore que mardi et Claire, la graphiste, n'est pas là pour lancer ses proverbiaux « kaoc'h ! ».

— Bon, t'as fini avec mon texte ? Il va ressembler à un bas de vignette.

— J'ai fini. Retravaille tout ça et glisse-le dans le système informatique.

La patronne tente un complément d'information avant le départ de son employée.

— Ajoute que les serveurs du restaurant devront être bilingues ? Ça ne peut pas nuire...

8 mai

C'est soir de manne pour les Backbiteurs. La moitié de la communauté a quitté la région pour dix jours. Depuis la journée de réflexion sur l'immigration, plusieurs possibilités de voyage d'exploration ont été considérées. On a conclu qu'il serait plus difficile de joindre l'utile à l'agréable dans les pays d'Afrique ou dans les Dom-Tom. Moins pauvre, moins risquée et plus fraîche, la France s'est imposée comme destination repêchage. Puisque – coïncidence parfaite – personne n'y était jamais allé, l'aventure emballait tout le monde.

Inutile cependant de voir trop grand : on ne s'arrêtera pas dans la capitale. Non, non. Pour se donner toutes les chances de réussite, on a choisi un petit département M bien reclus : la Moselle. Dans l'arrière-Lorraine, embrassée par l'Allemagne et cernée par l'Alsace, la Moselle doit certainement souffrir d'une crise d'identité semblable à celle de la région M, attenante aux États-Unis et étouffée par la Grande Région. Si on oublie que la Moselle compte vingt fois plus de francophones que la région M sur un territoire dix fois plus petit, le parallèle est parfait. Des « On s'en va à Mèttz, on s'en va à Mèttz » ont déchiré les oreilles des traîne-misère qui ne partaient pas. « À Mèss ! » a corrigé Claire cent fois avant le départ. Quand on est originaire de la France, on sait bien qu'on va à « Mèss », « au Mans » et à « Montargi »... kaoc'h de kaoc'h !

Il s'agissait de partir à la conquête d'immigrants d'affaires, mais l'idée d'un séjour dans l'Ancien Continent, payé par le Centre économique, en a poussé plus d'un à faire valoir la pertinence de sa présence dans le convoi. Ainsi ont trouvé place dans le groupe, un député, un poète et un éleveur de sauterelles. Même monsieur Labbé a été invité. « Vous savez, moi, je n'y vais que pour les macarons et la mirabelle, a-t-il confié à Geneviève. C'est idiot d'avoir choisi une région aussi pauvre en vin. Mes collègues n'y connaissent rien. Bah ! j'imagine qu'un petit verre de Müller-Thurgau pourra aller. Tout tombera en place. Mais je digère mal le blanc, vous savez. »

Mamadi, chargé du projet malgré sa relative aversion pour le pays, a annulé son billet d'avion à la dernière minute pour céder sa place à la motivante Mireille Sauvé, sans qui monsieur Labbé ne va jamais bien loin.

— Honnêtement, je ne tenais pas à visiter ces racés de Lorrains, dit Mamadi aux autres Backbiteurs.

— Racés ? demande Vincent.

— Ratés. Ou racistes, j'ai mêlé les deux mots.

— C'était chouette alors de permettre à Mireille d'y aller, dit Vincent.

— Je ne vois pas ce qu'elle va faire là, mais elle y tenait, dit le Noir.

Vincent toussote.

— Mamadi, ne soit pas injuste. Il faudra bien quelqu'un pour écrire des comptes rendus pour les médias et des ébauches de discours pour Alphonse Labbé.

— De toute façon, réjouissons-nous, dit Caroline, c'est la seule de nous tous qui a réussi à s'incruster dans la délégation.

— Vous oubliez Liza, corrige Geneviève. Elle a donné rendez-vous à un éditeur de Mèttz-la-Campagne pour échanger des chroniques.

— En tout cas, moi, j'étais cent fois plus compétente que l'agrès de Franco-M qu'ils ont envoyé là-bas pour couvrir toute la patente.

— Pardon, Caro, mais vu la bande d'artistes qui partent aussi, c'était à moi que le voyage revenait, rétorque Cynthia, qui couvre souvent les événements culturels.

L'Anglo à cravate, assis entre les deux, caresse une main à gauche et une main à droite pour modérer les ardeurs ou en susciter de plus clémentes, idéalement chez la plantureuse Cynthia, à qui Caroline va bientôt arracher la tête.

— Si vous pensez télé, peut-être, mais je persiste à croire que c'est des capsules radio qu'il fallait faire, dit Vincent.

Mamadi passe à Roger.

— Et toi, pourquoi t'a-t-on écarté du groupe ?

Quelques secondes s'écoulent.

— J'étais invité, fait Roger, nonchalant. Mais je ne vais pas me joindre à un troupeau qui ne connaîtra pas plus la France à son retour qu'à son départ. *I mean*, je les connais, mes Francos-M. Ils vont rester collés les uns sur les autres et manger des steaks frites pour éviter d'être trop dépaysés. Je n'ai pas besoin d'un voyage gratuit pour faire mon bout de chemin dans la vie.

Si on prête l'oreille, c'est de la jalousie qu'on entend aussi chez lui, mais elle revêt un habit différent. Les petits secrets de la France, il aime bien les garder pour lui. Si les Francos-M restent ignares, il peut ensuite le leur reprocher. De plus, ceux-ci s'apprêtent à goûter sans effort des plaisirs qu'il a dû mériter, lui, un à un. C'est diminuer, en quelque sorte, sa propre expérience. Ils reviendront avec un sentiment d'égalité insupportable et oseront même prononcer le mot « voyage » sans savoir de quoi ils parlent. Pour pénétrer un pays, il faut arriver seul, les mains dans les poches, être logé sous un pont, trouver d'autres chiens errants, dormir sur leurs jambes. Sinon, on peut prétendre avoir pris l'avion, rien de plus. Il poursuit.

— *Anyways*, mes amis français, je ne les trouve pas dans les terres à cinq heures de train de la capitale. Même le TGV ne se rend pas là. Mes amis, ils sont dans le 18e ou le 20e arrondissement, et ils s'accrochent, entre deux répètes qui finissent tard. Mais si j'avais su que monsieur Labbé y allait, je me serais laissé tenter, plaisante-t-il.

— Comment ça se passe au bureau, sans Liza ? demande le caméraman, qui se sent parfois obligé de prendre la parole.

— L'horreur générale, dit Geneviève. Francine la remplace comme directrice, je ne vous raconte pas les bisbilles. C'est comme se faire gouverner par un concierge. Je l'ai dans les pattes pour dix jours. Comme elle ne sait pas lire, je pensais pouvoir me gâter et écrire n'importe quoi, mais elle me donne des ordres et des sujets de crotte.

— Tu travailles sur quoi en ce moment ?

— Une vente aux enchères de bonnes sœurs.

— Toujours aussi ambitieux, tes sujets.

Geneviève repense avec rage au dossier brûlant du changement de nom de l'AFM, abandonné sur ordre de Francine. Mamadi poursuit son tour de table.

— Et toi, Isabelle, pas trop déçue d'être restée ?

La chef du groupe passe l'index dans sa longue chevelure.

— Oh, moi, dit-elle en feignant le détachement. *Off the record*, vous autres, les journalistes, prévient-elle, je me prépare à annuler officiellement le Festival d'été. Après, je rentre. Mon aller simple est acheté pour le 23 juin. Je vais fêter la Saint-Jean chez nous. Et je ne reviendrai plus.

Sa déclaration est une douche froide qui oblige chacun à revoir son propre plan d'évacuation. On retient un moment son souffle en redoutant d'entendre fuser un « Moi aussi, je pars ». Mais le silence qui dure indique que personne ne caresse encore de projet aussi concret. Le temps court, et les Backbiteurs n'avancent pas. Un mélange d'admiration et de haine pour cette fille qui va bientôt déguerpir leur retourne le ventre. La soirée était si amusante jusque-là. Voilà qu'il faut détester Isabelle parce qu'elle réussira bientôt ce dont rêvent tous les Backbiteurs en secret : laisser tomber les autres. L'illusion de plaisir et de solidarité se noie dans les fonds de bouteilles. Qui souhaitait se faire rappeler, ce soir, que ce groupe d'amis n'en est pas un ? Qu'il passerait toujours en deuxième si l'occasion de lever le camp se présentait ?

On est en mai, et Geneviève s'est attachée à un ridicule Franco au lieu de lancer sa vie sur des rails. Sur la moquette rouge du Keg, ses lacets flottent autour de pieds qui ne vont nulle part. La jeune fille se cache-t-elle derrière la face de l'amour pour excuser son manque d'ambition? Lorsqu'on nourrit les murmures de son cœur, c'est parfois pour étouffer le signal du départ. Et il retentit ce soir. Dans la bouche d'une autre. Elle regarde Vincent, elle regarde Roger. Sont-ils le type d'amis qu'elle laisserait en bas si elle parvenait à monter plus haut? Sont-ils au contraire de ceux qu'elle tirerait par la main si elle était propulsée vers l'avant? Ou a-t-elle abandonné à Roger Morin le rôle de tireur de bois flotté?

Cynthia se lève pour partir. Caroline écrase la main de l'Anglo dans la sienne pour l'empêcher de suivre sa collègue. Il adresse un sourire forcé aux autres. Au fond, ils sont tous dans le même bateau, retenus de leur plein gré par des doigts faibles mais si doux, dont ils ne cherchent pas sérieusement à se libérer. Marge se fait du souci, car la soirée se déroule sans aucun cri près des fenêtres, là où se rassemblent tous les jeudis ses clients les plus payants.

19 mai

Liza a toujours son air de bonne maman, mais elle s'apprête à gronder. Assise derrière son bureau, elle a le doigt planté dans la dernière édition du journal.

15 mai
Les bonnes sœurs battent de l'aile
Par Geneviève Morin

Les sœurs du Saint-Nom-de-Marie, établies rue Goulet depuis 1844, quitteront l'aile ouest de l'ancien couvent pour un immeuble tout neuf.

« Nous sommes si âgées, explique la mère supérieure. Nous n'en pouvons plus de ces escaliers en colimaçon et de ces bains sur pattes. Vivement le confort moderne ! »

Elles ont acheté à bon marché un complexe de condominiums pour lesquels le promoteur n'avait trouvé aucun acquéreur. « C'est en effet loin de la ville et pas très luxueux, donc parfait pour nous, dans la tête des chrétiens », poursuit la supérieure.

Afin de se départir de leurs biens le plus rapidement possible, les sœurs invitent tout le quartier à une grande vente aux enchères ce samedi 17 mai à 13 h. « Les profits que nous réaliserons avec la vente de notre mobilier et de nos vieux objets paieront notre déménagement et plusieurs années d'hypothèque », calcule la religieuse.

Construite avec l'arrivée des sœurs du Saint-Nom-de-Marie dans la région, l'aile aujourd'hui résidentielle sera démolie l'été prochain. « La plomberie de cuivre était à refaire au complet et les radiateurs à eau chaude faisaient beaucoup de bruit, dit la mère. Nous serons soulagées de voir toutes ces vieilleries voler en poussière. »

Les amateurs d'histoire voudront savoir que cette partie du bâtiment abritait, tout au début de la colonie, la première école française de la région. La rumeur veut qu'au début du XXe siècle, une élève prénommée Gabrielle s'y soit rendue tous les jours à pied, depuis sa maison à lucarne de la rue Deschambault. C'était à l'époque où l'enseignement du français était interdit. On raconte que la petite et ses amies cachaient leurs livres sous leur pupitre lorsque l'inspecteur anglais visitait la classe. C'est d'ailleurs de cette façon que se serait transmis le français, malgré la stricte interdiction qui pesait sur les sœurs.

Mais les gens feront de bonnes affaires samedi ! « Nous ne serons pas gourmandes, car il faut se débarrasser de tout », promet la mère supérieure. Parmi les trésors qui quitteront le quartier en même temps que les sœurs : secrétaires en chêne, portemanteaux à crochets de cuivre, bougeoirs à huit branches. Rendez-vous donc samedi à 13 h pour regarnir votre séjour aux frais des bonnes sœurs !

— Hou ! ma belle chouette, quel genre d'article tu me fais. Je croyais qu'on s'était comprises avant mon départ pour l'Europe. Ça ne marche pas, ça. « Les bonne sœurs battent de l'aile. » Un déménagement, dans notre métier, ce n'est ni positif ni négatif.

Elle parcourt le texte d'une main et pianote sur son bureau de l'autre.

— Dernier paragraphe: c'est quoi, ce point d'exclamation? La journaliste fait la morale à ceux qui cherchent les bonnes affaires, maintenant? Et tu cites quatre fois cette extravagante de mère supérieure. La diversité des sources, ça ne te dit rien? As-tu fait de la recherche un peu? Depuis quand parle-t-on de rumeurs dans un article?

— Mais Liza, il a touché la corde sensible, mon texte. Des gens m'ont appelée, j'ai reçu des *mails*...

— Gabrielle Roy n'a jamais mis les pieds là. C'était un autre couvent.

— Ah? mais, mais c'est crédible, ça donne une idée et... de l'ambiance.

— De l'ambiance? Je rêve. Tu me fais de la chronique, de... de la légende historique, du courrier du cœur, toi! Je te paye pour de l'information, moi! Bien sèche, et bien frette!

Geneviève fronce un sourcil.

— Un petit peu plus belle que vraie, quand même, dit son œil gauche.

L'autre a entendu. D'accord, comment parler d'objectivité alors que *Le Franco* est un rehausseur du moral des troupes bien davantage qu'un outil d'information? Le problème est que Geneviève prend toujours le train dans le mauvais sens et gratte une petite plaie communautaire au lieu de bonifier la nouvelle comme tout le monde.

— Je te l'accorde, moi aussi j'ai eu de bons commentaires sur cet article. Mais arrête de railler et positive un peu! Je n'en peux plus, moi. Bon. Est-ce qu'il y a vraiment eu une école dans ce satané couvent?

— Oui, oui. Mais... la mère supérieure était en voyage quand j'ai écrit l'article.

Liza, qui s'était dressée sur ses pieds dans l'agitation du moment, retombe net dans son fauteuil, dépassée.

— Donne-moi ton article de cette semaine.

Geneviève déplie la boule de papier qu'elle a façonnée par nervosité durant leur conversation. Liza fait l'inventaire de tous ses stylos rouges. Elle choisit cette fois le Pilot Hi-tecpoint V5 Grip à pointe ultrafine, le plus menaçant, et le dresse au-dessus de la feuille froissée.

(22 mai)
Haut en couleur
Par Geneviève Morin

Les plans de la résidence pour vieux Francos subiront des modifications avant le début de la construction, qui devrait commencer en juillet. À la suite de plaintes de résidants qui estiment que l'édifice entache visuellement le carré français, la Ville a exigé de changer la couleur du toit. « Grâce à une maquette informatique, nous avons constaté qu'en harmonisant le toit de la résidence avec le beige de l'église, on élimine le problème. L'œil est d'abord attiré vers l'église, puis rebondit sur le toit de la résidence et se pose sur la façade du musée. Cela nous convient. »

Aux résidants qui soutiennent que, malgré les restrictions de couleur imposées par la Ville, le projet défigure le paysage, le conseiller francophone de la Ville rétorque : « Un quartier résidentiel n'est pas un parc. Et les aînés francos ont bien mérité d'élire domicile sur ce beau site historique. »

L'Association des Francos-M, qui avait reçu en novembre le mandat de bloquer l'initiative, s'est retirée du dossier. « Nous avons relu nos états généraux et il semble que les conflits architecturaux de la communauté ne soient pas de notre ressort, précise Alphonse Labbé, directeur intérimaire. Personnellement, je trouve que la monstruosité du bloc de béton met en valeur la finesse structurale de l'église. »

Le stylo est resté en l'air durant la lecture. Trois gouttes rouges sont tombées sur la feuille en guise d'avertissement ultime. Liza émet un sourd grognement, puis se ressaisit.

— OK, ça ira pour cette fois.

Elle refait une boule et la lance dans le bac à recyclage. Geneviève sort en courant, fait une éblouissante grimace à Francine et se jette sur son ordinateur afin d'envoyer son document Word à Claire, pour le montage graphique, et à Caroline, pour jeudi soir.

6 juin

C'est souvent le vendredi, lorsque la motivation n'y est pas et que l'équilibre gastrique est fragile, qu'elle tape des idées sur son clavier. Des idées que Claire et son Quark Xpress ne verront jamais, car elles iront tout droit augmenter le dossier «projet de livre». Elle n'a pas vu les Backbiteurs hier, mais la soirée fut encore plus désastreuse.

Roger la soupçonne ces temps-ci de vouloir bientôt prendre ses jambes à son cou. Elle tente d'éviter le sujet, mais rien n'y fait. Il la regarde avec une sorte de sourire d'adieu, il prend un ton de fin du monde et ça la met dans une rogne terrible. On dirait qu'il cherche à clore des dossiers, comme un malade condamné. Hier, au terme d'une soirée plutôt détendue dans la rue Desautels, il n'a pu s'empêcher de lui dire:

— J'ai reconnu le passage. C'était dans *Y&B Trip*, un livre de Léo Labossière, n'est-ce pas?

Geneviève a écarquillé les yeux. Il a continué:

— Le rouge que tu aurais aimé ajouter au paysage, si tu étais peintre. Quand tu décris la route #2. Pourquoi écrire que tu ne t'intéresses pas aux auteurs d'ici?

— Mais tu fouilles dans mes papiers? a-t-elle hurlé.

— Arrête, je n'ai rien lu ou presque. J'aimerais qu'on en parle.

En réponse à sa proposition, elle a pris son sac et s'en est allée pleurer toute sa honte chez elle, sur son sofa bleu, bien décidée à ne plus jamais écrire une seule ligne maintenant que Roger Morin en personne a vu ses gribouillis pleins de fautes. Un gros Chinois ivre a frappé chez elle par erreur. Elle a ouvert la porte et lui a asséné un coup de dossier rouge sur la tête, pour se venger de tous les enquiquineurs de la Terre. Il a emprunté l'escalier de secours en chancelant et a redescendu les dix étages à pied, ou bien il a dormi là. Geneviève est retournée à son sofa et a éteint une cigarette sur la table, puisque le cendrier débordait. Elle a appuyé sur toutes les touches du téléphone avec frénésie, hurlé de colère, mais n'a pas réussi à faire taire la sonnerie. Elle s'est endormie sur les coups du dix-neuvième appel provenant de la rue Desautels.

Puis son projet personnel de tout laisser tomber s'est de nouveau métamorphosé durant la nuit.

Elle s'est levée presque ragaillardie et s'est rendue au bureau avec empressement. Dès la réunion de production terminée, elle s'est installée à l'ordinateur avec une idée toute fraîche. « Je vais décrire la mort de ton estie de communauté, que tu détestes de toute façon. Ça t'apprendra. »

Voilà où elle en est ce vendredi matin. Mais les mots ne viennent pas si facilement. Pourquoi lui, éduqué par des professeurs de campagne au français approximatif, a-t-il autant de talent? Ses phrases ont du cran, les dialogues sont vifs, les scènes émouvantes. Pas chez elle. Comment capter, vivre et traduire des émotions poétiques quand on a grandi dans le quartier Pont-Viau, à l'angle des boulevards des Laurentides et de la Concorde, dans un bungalow sans cachet de 1980, à deux pas d'un métro qui n'existait pas encore et que la grande sortie du samedi consistait à remonter le hideux boulevard Saint-Martin pour trouver une raison de gaspiller un peu d'argent ? Pour s'enfoncer davantage, elle tente un passage philosophique.

L'annonce de la mort devra venir de l'Art. Il faudra que ce soit suggéré de façon détournée dans un livre ou un tableau. Si une impression d'échec se dégageait d'une œuvre artistique, elle serait moins dure à prendre. On s'y ferait. Seule une impression floue de sa fin imminente est possible. Et l'éveil de cette impression doit demeurer doux.

« Qu'est-ce que je raconte là ? C'est encore plus mauvais que le reste. La communauté se meurt, que l'art s'en mêle ou non. Tu ne survivras pas tout seul, Roger Morin la grande vedette. »

Un son vibrant interrompt son écriture. Elle jette un œil sur l'afficheur du téléphone. Le coup de fil vient du 867. Elle décroche.

— Viens donc travailler chez nous !

C'est Laurent, le directeur du journal du Grand Nord. Geneviève se souvient très bien de lui, car il était le seul, au rassemblement de novembre, à ne pas emprunter une face de Franco. Elle garde un excellent souvenir de ce gaillard aux longs cheveux qui portait son pantalon kaki à poches durant la cérémonie de clôture du congrès.

Alors qu'on s'attendrait à une situation encore plus déprimante dans le Grand Nord en matière de vitalité francophone, c'est tout le contraire qu'on observe. Comme il ne reste aucun francophone de souche là-bas, personne n'est gêné par sa généalogie. Des jeunes qui raffolent de plein air et d'aventure s'y donnent rendez-vous de partout dans le monde. On peut garder un bonnet péruvien sur la tête même au bureau, même en plein été, à condition de payer deux fois plus cher pour des meubles faits sur place et d'éviter les produits alimentaires qui ont fait le tour de la planète dans un camion polluant. La francophonie y est dynamique, insouciante, éclatée, visible. On se réunit le midi dans un café bio pour savourer une soupe maison et du pain aux mille grains sphériques en criant son amour de la nature en français. Mais il faut apporter ses couverts et sa serviette de table, car rien n'est fourni qui pourrait se retrouver à la poubelle. Voilà ce que décrit le séduisant Laurent.

— Si tu arrives début juillet, on t'emmène avec nous en kayak-camping. C'est la saison du soleil qui ne se couche jamais, il ne faut pas manquer ça ! L'air est si pur que l'écho répercute les bruits de l'archipel Arctique jusque chez nous !

— Tu me tentes, tu me tentes.

— Penses-y et rappelle-moi. Je te réserve le poste jusqu'au 25 juin.

16 juin

Dix jours ont passé. Nous en sommes à la deuxième apparition-surprise en ce lundi matin, après celle d'une Française égarée. Pour l'instant, dans l'embrasure de la porte, se tient Mary Ann Erickson, dans toute son élégance d'avocate de trente ans. C'est bien elle, dans un tailleur orangé qui révèle des jambes fines, mais musclées. Ses cheveux aux reflets acajou s'étagent jusqu'au milieu du dos. Geneviève croyait ne jamais la revoir. Mais l'a-t-elle jamais aperçue autrement qu'en rêve ?

— Bonjour, je me nomme Mary Ann Erickson, dit l'anglophone.

Son accent est pointu, vieillot, inimitable. C'est à croire qu'elle a appris le français dans la rue d'Ulm, avec la crème des étudiants parisiens se destinant aux grandes écoles ou à l'enseignement universitaire. Calme comme un miroir, elle s'assoit sans froisser sa veste et commence ses révélations.

— J'ai deux nouvelles pour vous.

La journaliste est si troublée qu'elle a peur de ne rien retenir. Elle lève un doigt pour indiquer à la visiteuse de suspendre son récit. Elle cherche d'abord un manteau, une cape, un tchador, n'importe quoi pour couvrir ses grasses épaules nues, mais ne trouve que la casquette « *¡Que calor!* » de Vincent sous son bureau. Il fait 28 °C à l'extérieur, probablement davantage à l'intérieur. Elle fourre sa tête sous la casquette, puis met en marche un petit magnétophone numérique. Mains croisées sous un menton ruisselant, elle offre ensuite toute son attention à la superbe avocate.

— Mon comité a réussi à comparaître devant le juge municipal. La construction de la résidence pour aînés est suspendue jusqu'à ce qu'une commission patrimoniale, qui sera formée bientôt, livre ses résultats. Il n'est pas question de laisser un site historique de cette importance aux promoteurs immobiliers. Cette commission étudiera aussi le cas du Francœur, s'il n'est pas trop tard.

Cette première nouvelle est une jolie brise sur la journée. À l'extérieur, les drapeaux se mettent à flotter et les petits arbres à se bercer.

— Et je suis la nouvelle directrice de l'AFM.

Celle-là atteint 9 sur l'échelle de Beaufort. Geneviève pose la main sur sa casquette pour la retenir. Le voici enfin, peut-être, le vrai coup de vent, celui qui défrisera la crête des vagues, qui fera enfin casser quelques branches.

« Il faut que j'appelle Vincent, il faut que j'appelle Vincent, se répète Geneviève en boucle. C'est la première fois que j'ai la primeur d'une nouvelle ! »

Autour d'elles, l'air sec se remplit d'écume et d'embruns. Geneviève n'en finit plus d'interroger la belle Mary Ann. Comment a-t-elle convaincu la Ville ? Qui l'a recrutée à l'AFM ? Monsieur Labbé est-il retourné vivre à la campagne ? Où donc a-t-elle appris le français ? Est-elle parente avec le ministre ? Elle lèche la sueur salée qui se dépose sur ses lèvres. « Il me doit une méchante brosse, lui », se dit-elle, en parlant de Vincent et non du ministre.

Une demi-heure plus tard, Mary Ann Erickson quitte *Le Franco*, aussi digne et respectable qu'à son arrivée. Mais une grande traînée blanche, accrochée aux talons de ses escarpins, a imprégné le tapis du *Franco* pour longtemps.

28 juin

Pieds nus sur le perron, mains sur les hanches, Geneviève soupire. À vue de nez, il fait déjà plus de 20 °C et il n'est que 8 h. On pourrait bien atteindre les 37 °C ou 38°C au milieu de l'après-midi. Juillet n'a pas encore frappé que s'écrase sur la région une troisième poche de chaleur intense. Elle rentre et tend un verre d'eau à Roger, étendu sans vêtements sur le lit défait. La nuit a été entrecoupée de douches éclair, de lamentations et de rêves biscornus. Patère à la main et nu comme un ver, il tentait d'échapper à la mère supérieure qui lui léchait la nuque en sueur. Le matin n'est pas diable plus frais.

— Allez, je t'emmène à la *Stain*, déclare-t-il.

Un immense lac s'étend en plein milieu de la région M, qui elle-même est campée en plein milieu du pays. On le surnommerait bien l'Œil du pays, mais il existe déjà l'Œil du Québec, dans le bout des monts Groulx, bien plus réussi, avec une île ronde en plein milieu d'un réservoir rond. Comme le lac de la région M est plutôt informe, les Anglos ont choisi « *The Stain* ». Quelques Francos disent parfois « la Tache », mais, règle générale, on dit plutôt « la *Stain* ».

Le vent chaud secoue les poils de son bras qui pend hors de la voiture. Dans moins d'une heure, ils raidiront de froid dans les vagues de la *Stain*. Roger s'en délecte. Dans cette étuve sèche qui sert d'automobile à son compagnon, Geneviève essaie de ne pas troubler la lourdeur de l'air, et donne son attention au paysage. Il y a trois mois, à Saint-Louis, à Sainte-Agathe, les champs timides débordaient d'eau. Aujourd'hui déjà, le blé a mûri trop vite et craquette sous un soleil impitoyable. Les récoltes seront encore à moitié perdues cette année. Lorsque ce ne sont pas les hivers pluvieux ou les inondations d'avril, c'est la canicule précoce. En matière de tragédie agricole, Geneviève est du genre à préférer la sécheresse à la submersion. La situation actuelle lui plaît donc. Rien de plus spectaculaire, en effet, que l'agonie de millions de brins dorés sous la caresse du vent. Un champ de blé menacé d'embrasement, voilà à quoi ressembleront les dernières minutes de l'humanité. Avec satisfaction, elle note la dernière phrase dans son carnet.

Devant ces étendues munificentes, même les villes de l'Est peuvent aller se rhabiller. Il n'y pas de morceau d'architecture, d'événement public, de décor de théâtre qui puisse susciter une émotion de grandeur plus vive que les terres de l'automne, les terres renaissantes, les terres brûlantes du Milieu.

Au-dessus d'une dernière rangée de tiges, le ciel se scinde subitement en deux.

— Oh ! je vois le lac.

— Surprenant, *eh* ? dit Roger, content de l'effet. Il apparaît, comme ça, au bout du champ…

— On dirait qu'il déborde. Je vois de grandes vagues.

— Peux-tu dire de quel côté vient le vent ? fait-il, presque soucieux.

— Du nord, c'est sûr ! Le blé penche vers nous depuis le début.

— *Yish*, fait Roger en sourcillant. J'aurais dû m'informer de la météo.

— Très drôle ! Du soleil est annoncé jusqu'à plus soif. Il y aurait déluge que ce serait la meilleure nouvelle de la journée.

La plage de Fjalkona n'est plus qu'à cinq kilomètres et pas un début de nuage ne s'observe aux alentours. Puisque dans la région M, les alentours s'étendent de tous côtés sur mille kilomètres, le déluge sera donc pour une autre fois.

— Tu sais ce que ça veut dire, Fjalkona ? demande Geneviève.

— Non, mais c'est islandais. C'est la Nouvelle-Islande, ici. Des colons ont suivi la rivière Rouge à la fin du XIXe siècle et se sont installés sur le bord du lac.

Geneviève avait voulu dire « en langue amérindienne », car elle ignorait tout, bien sûr, de la présence d'Islandais dans les parages. Elle repense aux paroles de Vincent : « Si tu étais plus curieuse et moins mélangée, tu pourrais glisser des éléments d'histoire dans tes écrits. Les romans historiques ont une cote d'enfer ces années-ci. » L'humiliation culturelle se poursuit.

— Je te prêterai du Stephansson, leur grand poète. Ou bien *Sandy Bar*, de Guttormsson. Agriculture, variole, luthéranisme : tu sauras tout sur l'établissement des pionniers islandais dans notre belle région.

La petite Civic 1989 s'engage dans un large chemin de terre qui débouche sur un stationnement désert. Où sont les gens ? Qui a choisi une autre activité que la baignade aujourd'hui ? C'est toujours troublant de constater qu'il y a si peu de monde dans la région. Geneviève transforme son scénario de bain de foule en celui de récréation intime. Elle décolle ses cuisses du siège et sort du véhicule pour remarquer que l'air ne s'est pas rafraîchi, même s'ils ont fait 100 km vers le nord. Roger est déjà loin devant la voiture, bras ballants, immobile. Devant lui, une affiche blanche : « *E-coli +200/100 ml. Closed for the day* ».

— C'est ce que je craignais. Vent du nord, niveau élevé du lac... Très bon pour la concentration des E-coli.

— C'est quoi ?

— *Literally*, une bactérie de caca. Les goélands, les chiens sur la plage, les couches des bébés, qui sait ? Les fosses septiques défectueuses, aussi.

— Allez, on s'en contrefout, on y va quand même, dit-elle avec entrain.

— Sans moi. Ça peut donner des... des diarrhées sanglantes, de la fièvre, des problèmes de reins, une infection des yeux...

Le soleil écrase la fille, là, devant un lac aussi grand que la mer. Ce vent ne vient certainement pas du nord, il vient des Tropiques. Geneviève ne survivra pas à juillet. De l'autre côté de l'affiche, l'eau éclaircit ses couleurs pour nier toute forme de contamination. Les amis de Montréal sauteraient dedans en hurlant de joie. Quelqu'un est-il déjà vraiment mort de ça ?

— *How about* un *fish and chips* de *pickerel* avec une tonne de citron ? propose Roger, pour se racheter. Les meilleurs sont à deux pas.

Ils longent le bord de l'eau et empruntent à pied une avenue asphaltée. Ils passent devant de petits comptoirs où des artisans étalent des poupées rouges pour passer le temps. Leur peau est sèche et leurs yeux fatigués. L'âme de la région a eu raison, au fil des générations, de la fougue islandaise des premiers arrivés. Geneviève chasse de son mieux cette pensée qui l'envahit à tout moment: « Dieu, mais qu'est-ce que je fais ici ? »

Une sensation vague de déjà lu la fait frémir. Ce lac, elle l'a connu dans un livre il y a dix ans et elle revit aujourd'hui la désillusion de cette petite Christine qui arrive à Fjalkona et qui ne se baigne pas. Ou qui a peur de mouiller ses vêtements. L'issue de l'affaire, après toutes ces années, est la même. Le pays de Gabrielle Roy est bien usant.

Roger met une main sur les yeux de son amie afin qu'elle ne voie pas l'état de la salle à manger. Il la traîne sur la petite terrasse donnant sur un mur où a déjà été peinte, entre les fissures et sous la saleté, une grande péniche à voile voguant sur une rivière couleur rubis. Le soleil darde. Roger retire son t-shirt et l'utilise pour nettoyer les chaises. Il déloge en même temps une toile d'araignée accrochée au parasol.

Il commande une bière qui ne pourrait jamais être assez froide pour Geneviève. Elle demande plutôt une Smirnoff Ice, et surtout un verre rempli de glaçons à côté. Elle fait le mélange au fur et à mesure dans un second verre de plastique, et se laisse transporter dans les Îles, la tête allégée par le liquide frais et rude en alcool. Il y a quelques minutes, elle était joufflue et gauche, le corps prisonnier de vêtements qui ne suivent pas l'expansion de la peau. Ses sandales blessaient ses pieds enflés. La voici en haut de bikini, les seins débordant un peu pardessous et le visage en nage, mais plutôt détendue. Des mouches tournent autour de son assiette remplie de joues de doré juteuses, sautées à point.

Le mariage citron, poisson, vodka et présence de Roger est, il faut l'admettre, un délice.

— *See*, ma chère, ce n'est que ça, le bonheur : rire au nez de la déception constante.

Un moustique gros comme un oiseau s'est mêlé à la horde de mouches. Geneviève et Roger l'ont tous deux bien remarqué. Le moment le plus important de l'année est donc venu. Qui eût cru que ce serait sur une terrasse vide, au cœur de la Nouvelle-Islande ? Geneviève cesse de respirer un très long moment, puis elle prend la parole, pour annoncer sa cruciale décision.

Deuxième partie

Le retour

24 juin

C'était quatre jours avant l'escapade à la *Stain*. Geneviève accueille Vincent dans son bureau. Il rapporte une curieuse nouvelle, apprise par les copines de la télé. Il referme la porte derrière lui et dépose une boîte de chez Robin's sur le bureau de son amie.

— Alors, c'est vrai, tu quittes *Le Franco* ?

À l'extérieur, on entend faiblement Francine promettre à Liza : « N'inquiète-toi pas. L'article sera prêt par demain. Peut-être même je serai complètement finie aujourd'hui. »

— Ah, les vaches, elles n'ont pas tenu leur langue ! dit Geneviève. Oui, oui, je pars. À la fin du mois, j'espère.

— Tu l'as dit à Roger ?

— Non, pas encore, j'attends le moment, dit-elle, mystérieuse. Dis donc, les moustiques, ils sortent quand ?

— Les moustiques ? fait-il, interdit. Tiens, c'est vrai qu'ils tardent cette année. Mais ils auront leur revanche. Avec cette chaleur, on en aura des millions. Dodus comme des oies, tu verras. Ils nous arracheront des lambeaux de peau.

— Très bien, dit-elle, rassurée. J'attends le premier moustique, vois-tu.

— Ah ! chacun son trip.

— Alors, comment les filles prennent-elles mon arrivée ?

— Super contentes.

— Ouan ?

— Ah oui ! elles ont vraiment besoin d'une recherchiste, à la télé. Mais Caro dit qu'avec un peu de chance, tu seras journaliste d'ici Noël.

— On verra. Comment ça va, elle, avec le journaliste anglo ?

— *Ya*... Ce n'est pas tout à fait un Anglo, hein ! Sa mère lui a montré le français lorsqu'il était petit. Je te fais ça court. Mais ça donne des phrases du genre : « C'est trop pire que tu faux toujours pleurer ». Ça le gêne. Il comprend, mais il ne parle pas. Mais, oui, ça va ! Il a lâché le Coyote, Cynthia et autres ennuis potentiels, c'est déjà ça.

Vincent agite un pied.

— Tu... t'installes ?

— Je... prolonge mon séjour.

C'est suffisant pour tranquilliser le jeune homme.

— Et Liza, elle est déçue ?

— Elle m'a demandé de garder une chronique dans le journal. Ce sera mieux que mes articles, je pense. Je vais appeler ça « Le bobo communautaire », dit-elle fièrement.

— Et ton livre, il recule toujours ?

— Oui monsieur, il recule en masse. À partir de juin, tout recule.

— Dommage, j'aurais bien aimé savoir ce qui se passe après juin.

— On ne peut pas toujours obéir au lecteur, c'est Roger qui le dit.

Vincent jette un œil à sa montre et se relève en vitesse.

— Il faut que je monte. Je... je... Mireille me donne une entrevue au sujet des cinq Lorrains qui viennent s'établir à l'automne. Cinq commerces de plus sur le boulevard, il paraît. Peut-être même un café. Quiche lorraine, pâté, tarte aux mirabelles... Tu imagines ? Ça fera changement de notre douze pouces !

— Mireille ? Depuis quand elle donne des entrevues, celle-là ?

— C'est que Mary Ann Erickson est partie dans l'Est pour signer une entente avec le nouveau gouvernement. Une grosse affaire. Il se pourrait que le royaume Q se dote, se dégotte, se guette... se déghettoïse, voilà. Je te filerai l'info. On se voit à la table jeudi ?

— C'est ça, c'est ça. Eh ! pas si vite, don Juan, t'as un ver sur le bras ! T'as couru sous les arbres ou quoi ?

Vincent disparaît dans la cage d'escalier en soufflant à petits coups sur sa manche. Il a laissé la porte du bureau ouverte. Denise saisit l'occasion pour s'approcher.

— Gen, un appel du 450. Je pense que la perrrsonne serait intéressée dans ton poste. Peux-tu faire certain de vendrrre un peu de salade ? Je te transfère ? Oué ?

Geneviève s'accorde quelques secondes avant de se prononcer :

— Non. Je voudrais parler de la *job* à Réal, avant.

— Réal ? Pourquoi pas ! Ça lui ferrra du bien. Quel drame, hein ?

— Quoi ?

— Tu ne savais pas ? Il est bien débiné. Il n'a pas eu sa carrrte. Le gouvernement n'a trouvé aucun Indien dans sa lignée. Il a dû arrêter de traiter sa mère de raciste.

Denise retourne derrière son guichet et Geneviève se lève. Elle se penche sur sa chaussure et fait une grosse boucle avec ses lacets, comme à la maternelle, avec le doigt au milieu et tout. « Il doit faire une tonne de fautes, Réal, mais Liza sera enchantée de les corriger. »

Elle apporte la boîte de *cinnamon buns* offerte par Vincent sur la table de la cuisine et inscrit dessus, avec un marqueur noir : « Bonne Saint-Jean-Baptiste, tout le monde. »

16 juin

Parler français, au pays, tient le chômage en respect. Mais si la langue garantit des revenus intéressants à l'individu, c'est dans des domaines pas du tout payants pour l'État: l'enseignement, les soins infirmiers ou l'administration publique, à cause du bilinguisme obligatoire. La contribution francophone au développement économique du pays, que l'on déguise en succès parce qu'il est très à la mode aujourd'hui de prouver sa valeur en termes de dollars, est en réalité assez faible. Surtout quand on voit les domaines d'études choisis par les Francos. Un reste de sang latin ou la réticence bien catholique de faire de l'argent font bouder le génie, les sciences et le commerce...

Geneviève fourre vite sa feuille dans un tiroir. Une jeune fille vient de laisser choir sa lourde valise dans l'encadrement de la porte. Mince et souple, elle s'avance dans la pièce.

— Je... je suis allée à l'Association des francophones, là-haut, mais il n'y avait personne. Je suis nouvelle ici.

« Tiens, il faudra que je dise à Roger qu'une Française a trouvé le chemin jusqu'ici », pense Geneviève. L'accent de la demoiselle semble en effet venir tout droit de la tour Eiffel.

— Vous êtes chanceuse, je suis de bonne humeur, aujourd'hui. Vous cherchez quoi ? Un logement ? Du travail ?

Elle lui indique une chaise, la demoiselle y pose ses fesses pointues.

— Madame, je cherche un homme.

Le cœur de Geneviève cesse tout à coup de battre. L'autre poursuit.

— Nous avons étudié ensemble pendant une année. Il n'était pas de Paris. Mon père ne l'aimait pas beaucoup. Quelquefois, c'est plus... difficile avec les étrangers. Pour mon père, la francophonie, c'est la France, et c'est tout. Que voulez-vous, c'est un conservateur de première. Mais j'ai fait mon choix. Je sais que mon fiancé vit quelque part ici.

Ses bras prolongent la ligne de ses cheveux lisses et conduisent à de longs doigts.

« Voilà pourquoi Roger est si attaché à la France, réalise Geneviève, qui sent des larmes remplir ses yeux. Elle est si délicate, si douce, tout le contraire de moi. » Ses paumes se détrempent. Elle respire avec difficulté.

— Vous cherchez... Roger Morin, n'est-ce pas ?

Les yeux de la Belle s'illuminent. Elle joint tous ses doigts et sourit.

— Roger Morin, le dramaturge. Étonnant, n'est-ce pas ? Je connais bien ses pièces. Elles sont parfois jouées au Théâtre de la Huchette, avant la représentation principale. Mais mon amoureux est Mamadi Sacko. Peut-être se connaissent-ils ?

Geneviève rit de toutes ses dents et décide de s'offrir un avant-midi de congé. Elle range le bagage de la Parisienne dans un coin de son bureau, puis mène la jeune fille au Centre économique en courant. Cette dernière a les cheveux collés au front, mais ne s'en plaint pas. Geneviève lui apprend que tolérer la chaleur, dans le contexte, est une promesse de grand bonheur. Puis elle l'abandonne devant le bureau du directeur des communications, un Ivoirien aux prises avec une peine d'amour atroce depuis son départ de la France, il y a deux ans.

Elle passe ensuite à l'université pour interrompre une répétition. Elle embrasse le metteur en scène et lui promet qu'elle lui montrera tous ses brouillons à condition qu'il ne rie pas d'elle. Les acteurs prennent la poudre d'escampette et les tourtereaux se préparent un café au beau milieu de l'estrade. Il se risque à lui dire que ce ne sont pas des peupliers qui poussent devant chez lui, mais bien des ormes, ou l'inverse. Et que c'est impossible de manquer la maison de Christine dans la rue Deschambault, puisqu'elle a été transformée en musée national. Et que son sofa bleu est certainement plutôt un canapé. Et que les comptoirs existent dans les cuisines du Québec, mais pas dans les vestibules des immeubles de la région. Et qu'il faudrait peut-être choisir entre des noms de rues, des noms de régions fictifs ou réels. Mais qu'il n'est pas sûr, puisque, au fond, *who cares*, et que tout est permis aux artistes. Elle l'écoute avec courtoisie, le remercie presque.

Elle revient au bureau amorcer un texte sur la dimension essentiellement amoureuse de tout projet sérieux d'immigration. Le souvenir des cils veloutés et de la mince silhouette de la Française est frais dans sa mémoire et infiniment inspirant. Les mots volent du clavier à l'écran, naissent parfois sur une feuille de papier, se laissant encercler ou rayer, en mémoire des années d'études où on était si fauché qu'on se passait d'ordinateur.

C'est à ce moment que la deuxième apparition surréaliste de la journée s'est produite, celle de

Mary Ann Erickson en tailleur, venue annoncer sa nomination à la tête de l'AFM.

21 mai

Roger a prévenu Geneviève que le Jardin de la Rouge n'était pas aussi vaste et effervescent que le marché Jean-Talon du quartier Villeray, mais qu'ils y trouveraient quelques légumes frais. Ils font le trajet ensemble depuis la rue Desautels. Le sable épandu dans les rues durant l'hiver tourbillonne en l'air et les petits vers pendent des arbres. C'est un joyeux samedi matin de mai.

— J'en ai assez de me faire dire quoi écrire par Liza.

— Bah ! quant à moi, Liza Durand, c'est juste une maudite Québécoise.

Il n'y croit pas vraiment, mais c'est pour soutenir l'opinion de son amie, qui s'arrête net devant les patates.

— C'est drôle, au Québec, on dit plutôt les maudits Français.

— Maudits Français ? Je n'ai jamais entendu ça.

— Oh, tu sais, les Français, des fois, ils prennent un air supérieur, là, ils sortent leurs mots savants… On se sent presque débiles.

La réaction est immédiate.

— Mais c'est ça, un maudit Québécois ! C'est exactement ça !

— Voyons donc !

— Mais parfaitement. Liza, avec son ressort dans le cul, qui en impose à tout le monde et qui se croit impeccable, mais qui dit « sauter sur le brancard ».

Isabelle et Caroline, qui crient comme des perdues sans jamais rien accomplir de brillant.

Roger regarde autour et baisse le ton. C'est le genre d'endroit où il fait bon parler français, à condition de savoir se taire. Il poursuit.

— Tes maudits Français, ils ne se rendent pas jusque dans la région M. Regarde nos Français à nous : Claire et les autres... Ils sont bien paisibles. Quand tu t'installes ici, en principe, tu n'es pas quelqu'un qui fait chier les autres. De toute façon, il n'y en a pas beaucoup et ils sont si différents de nous... Je ne les verrais pas se mettre à jouer aux chefs.

— Pardon, mais Claire, des fois, elle est bien française, hein ! Elle se met à gueuler, là, elle est bête comme ses pieds et tout lui tape sur les nerfs.

— Mais c'est drôle ! C'est exotique ! Écoute, elle vient de Louharneau, au fin fond de la Bretagne, elle n'est pas bien *mean*. Elle est renfrognée et un peu froide, c'est vrai, mais ça *matche* le climat. Les Québécois sont trop nombreux ici, trop comparables à nous pour qu'on laisse faire. Alors on les traite de maudits. Ça fait du bien.

— Regarde qui est là.

Geneviève a saisi le bras de Roger. La tête faisant à peine saillie au-dessus de petites poches de jute, un homme renseigne une dame, en français.

— Oui, madame. Les vrais jaunes. Bien séchés et tout entiers, assure-t-il.

La couleur du ciel se réfléchit dans ses yeux et son front est singulièrement bronzé pour la saison. C'est peut-être le grand air qui lui donne ce teint de santé. Il a tôt fait d'apercevoir la journaliste.

— Tiens, madame Morin. Bon matin ! Saperlipopette, vous voici avec le fils du juge Morin !

Il ajoute tout bas :

— Rassurez-vous, je ne suis pas du genre à être choqué que vous ne soyez pas mariés.

— Monsieur Labbé, que faites-vous ici ?

— Ah ça, mademoiselle, dit-il en tenant un petit pois entre l'index et le pouce, vous pouvez venir de l'Est tant que vous voudrez, les pois à soupe, c'est dans la région M qu'ils se cultivent ! On fournit tout le pays. Et les meilleurs sont dans le champ de ma sœur au Havre, par-dessus le marché !

— Vous vendez des pois ?

Il se penche vers elle, tout content de lui confier son secret :

— Pour l'instant, j'aide ma sœur. Vous l'avez déjà rencontrée, je crois. Elle vous avait remis un album de photos de notre village.

Il hume l'air frais du matin et tire sur ses bretelles.

— Ça ! je voudrais bien qu'elle me cède un bout de sa terre. Un rêve, comme ça. Je suis un peu agronome, vous savez. Oh ! attention, voici madame Lagimodière.

Geneviève recule d'un pas.

— Madame Lagimodière ! Dites donc, il en remue de la boue, ces jours-ci, votre fils ! Non, pas celui qui se marie, l'autre. Non, l'autre. Comment, vous ne saviez pas qu'il veut changer le nom de l'AFM ? Ma foi, je n'ai rien contre un peu de modernité. Et vous savez, tout tombe toujours en place... Ah oui ! les vrais gros jaunes. Ils ont séché tout l'hiver. Je vends la sarriette, avec.

Le directeur de l'AFM est crieur au marché la fin de semaine. Elle ne l'a jamais vu aussi en forme.

On l'entend préciser, toujours en français: «Vous prenez la même eau... Bien non, même pas besoin de les rincer. À gauche, voyez-moi ce beau pied de céleri et, à droite, du lard fumé à la perfection. Il vient de Sainte-Agathe. Il ne faut rien de plus pour votre soupe.»

17 mai

Roger bondit et se retrouve assis bien carré. Le réveil est du côté de Geneviève.

— Quelle heure il est ?

— Il est 11 h.

— Oh ! *Jeez*, vite, la vente aux enchères des bonnes sœurs !

Il est déjà hors du lit et saisit le pantalon froissé qui traîne par terre.

— C'est à 13 h, Roger, on a bien le temps.

— Je voulais être là par midi. Les gens vont *liner up* et les belles pièces vont partir vite.

— Tu ne veux pas aller piller le vieux couvent toi aussi ?

— Je suis venu chez toi avec le camion de mon père exprès. Viens-tu ? *We're gone* dans cinq minutes !

À midi, la file s'étire déjà tout le long de la rue Goulet, jusqu'à l'université. Geneviève prend place parmi les gens tandis que Roger part à la recherche d'un *spot* pour le *truck*, comme il dit. À son retour, il fait le coquin et s'échappe de la queue pour aller scruter les fenêtres du sous-sol. Cela amuse les petites dames aux cheveux blancs, venues par nostalgie bien plus qu'avec l'intention réelle d'acheter. Il leur décrit le butin : « Il y a des chaises paillées, des *sets* de vaisselle complets avec de l'or dessus, des bureaux en *oak*. Mais je ne vois pas les prix. » Et il repart faire le tour des fenêtres. L'une des vieilles saisit l'occasion pour interroger Geneviève.

— C'est bien le fils de Raymond Morin, ce petit drôle, hein ?

— Oui, c'est lui.

— Vous... seriez-vous sa sœur ?

— Non, je suis sa blonde.

Même en limitant le nombre de visiteurs qui entrent à la fois, la mère supérieure, revenue de voyage in extremis, ne réussit pas à maîtriser la frénésie des gens à l'ouverture des portes. Ce sont « toutes de très bonnes gensses », aurait dit monsieur Labbé, mais leurs capacités intellectuelles se sont noyées dans le nombre. Les gens étaient juste venus « sentir », mais la tension monte et les voici prêts à mordre leur voisin pour une vieille chaise d'église défoncée. Plusieurs agitent un chèque ou une carte de crédit, mais les sœurs ne prennent que du comptant. La mère essaie de trouver un équilibre entre les premiers entrés, qui veulent réserver des morceaux pour le lendemain, et les autres, qui peuvent payer sur-le-champ.

Roger Morin fait partie de la deuxième catégorie. Bien calmement, il choisit les objets qui lui plaisent, les entasse dans un coin surveillé par Geneviève et décolle les bouts de papier proclamant « réservé ». Dans ce capharnaüm, qui saura qui a pris quoi ? Il laisse son amie veiller sur le trésor et s'approche de la table de vente. Les doigts entrecroisés derrière une boîte de métal remplie de monnaie, deux sœurs se chargent d'accepter l'argent de leurs paroissiens. Roger sort de sa poche une impressionnante liasse de billets et la tend à l'une des caissières à voile. Ce pourrait être scandaleux de voir autant d'argent dans la main d'une religieuse.

« Sainte, s'étonne Geneviève, il avait vraiment bien préparé son coup. » Elle l'aide ensuite à sortir tout son barda du couvent. À l'entrée, la mère repousse les derniers arrivés derrière une chaîne de cuivre. « Pitié, il n'y aura plus rien pour nous », entend-on gémir jusque dans la rue. Le camion de Roger est stationné tout près de la porte arrière, dans un *spot* choisi avec on ne peut plus de clairvoyance. Il est à peine 14 h.

Sur la route, Geneviève s'émerveille de leurs acquisitions.

— Satisfait ? Tu as de la place chez vous pour tout ça ?

— Oh ! je garde la patère seulement. Le reste, c'est pour la nouvelle salle de théâtre. J'étais en mission spéciale aujourd'hui. On ne va pas abandonner tout ce patrimoine aux mains des particuliers, quand même !

Elle ravale un rire nerveux. « Que je suis sotte. » Durant une seconde, elle s'était imaginée dans la rue Desautels, crayon à la main et rêveuse, au milieu de toutes ces belles antiquités, dans leur maison à tous les deux.

6 mai

À la table de la cuisine, Geneviève et Francine s'épient en chiennes de faïence. Le *Globe and Mail* du jour, allongé entre les deux, est une frontière qui déchire deux mondes. Penchée sur des mets non chinois, Francine flaire l'envie de Geneviève de répandre sur elle, comme de la sauce à la cerise, la joie qui l'agite. D'humeur revêche, Francine se replie dans son polystyrène en espérant qu'on oublie qu'elle existe. Geneviève lance une première flèche.

— Hum... ça a l'air bon. Tu as pris ça où ?

— À Charleswood, dit Francine.

— Au centre commercial ? Dans le... dans la...

— Dans le *food court*.

— Je cherchais le mot français...

— *Food court*.

— Je pense qu'on dit « parc alimentaire ».

— *Food court*.

— Non, non ! c'est « aire de restauration »... C'est ça !

Francine s'obstine à utiliser le mot anglais uniquement pour empoisonner sa rivale, qui a un peu trop le vent en poupe ces jours-ci. Pour sa part, Geneviève n'aurait jamais l'idée de discuter « aire de restauration » avec ses amis montréalais. Elle a appris l'expression française par hasard, en traversant le Complexe Desjardins pendant les vacances de Noël. L'écriteau n'aurait jamais attiré son attention si elle n'avait déjà entendu dix fois l'expression *food court* dans la région M depuis son arrivée.

— Tu vas attendre que Liza est revenue pour faire un article sur le nom de l'AFM, dit Francine sans lever les yeux.

C'est elle qui détermine les sujets tandis que Liza est partie promener ses sabots en Lorraine. Or, Geneviève s'intéresse aujourd'hui à ce vent de révolution qui anime les jeunes, détraqués ou ouverts sur le monde, et des migrants divers, internes ou autres. On entend entre les branches, surtout au troisième étage, que le nom de la chère association régionale doit être modifié. Des personnes se sentent exclues. La faculté englobante du titre de Franco-M aurait tendance à diminuer avec les années et les mouvements migratoires. Si on ne descend pas directement de voyageurs à mocassins, il semble qu'on ne soit pas tout à fait autorisé à le porter. Certains, surtout ceux dont l'identité est bien confirmée, prétendent au contraire que le terme est objectivement neutre. Les premiers ripostent que sa charge négative est aussi valable que n'importe quelle définition de dictionnaire. Bref, Réal et sa bande proposent de clore le débat en trouvant un nouveau mot qui, au surplus, insufflerait un peu de fraîcheur à cette association des années 1960 qui donne aujourd'hui envie de vomir aux ados, plutôt friands d'associations sportives anglophones. Ils manigancent même de rédiger une motion pour la prochaine assemblée annuelle. En principe, Geneviève sera déjà repartie, mais ça ne l'empêche pas de constituer un dossier.

— C'est un bon sujet, tente-t-elle.

— C'est moi qui décide, achève Francine.

Ça regarde mal. Geneviève voulait tirer profit de l'absence de Liza pour larguer sa bombe. Si Francine ne lui laisse pas le champ libre, ce n'est certainement pas la patronne qui le fera à son retour. La Franco-M croque une boule de pâte à pleines dents pour montrer sa détermination. La Québécoise se creuse la tête pour trouver une astuce. Eurêka! Denise Labossière est trop mollasse pour oser la contredire et Francine ne pourra pas ignorer l'opinion de sa meilleure amie. Elle s'adresse donc tout en douceur à la réceptionniste.

— Toi, Denise, tu ne crois pas qu'un nom comme « Assemblée des francophones » serait plus rassembleur ?

Quelle erreur ! Aucun sujet d'importance n'a été abordé dans la cuisine depuis au moins cinq ans. La dernière fois, c'était sur le droit des Bretons à une école dans leur langue. Claire s'était emportée, avait lancé sa tresse par-dessus son épaule, remisé son gâteau quatre-quarts, crié « M'heu argas ! » et n'avait jamais remis les pieds dans la cuisine. Voilà pourquoi on la voit beau temps, mauvais temps quitter le bureau sans bruit quand vient l'heure du repas. Denise lève les yeux, incrédule. Lui demande-t-on vraiment, à elle, de cesser la mastication de son pâté de foie et d'émettre une opinion ?

Mais un fait étonnant se produit. Denise ravale aujourd'hui son sempiternel « *oh, ya, totally* ». Elle abandonne son sandwich et saisit à deux mains le courage qui passe par là.

— Non, Geneviève, je crrrois qu'on doit garder le nom.

— Mais s'il ne représente pas l'ensemble des gens ? s'agite Geneviève, suffoquée.

— C'est le nom, il faut le garrrder.

— Mais si on le déteste ?

— C'est le nom, il faut le garrrder.

On ne tirera rien de plus de Denise. Voici une position bête et forte, comme celle des chênes qui, sur une période de mille ans, ont gravi le cap de son village pour échapper aux inondations récurrentes. Denise n'emprunte pas tous les jours 100 km d'autoroute bien droite pour venir se faire dire par une étrangère qu'un virage serait nécessaire. Geneviève s'est trompée de stratégie. Francine retourne à ses nouilles avec un sourire satisfait. Quelques minutes passent.

— Tu y tiens, han, Francine, au nom de Franco-M ? Tu ne vois pas qu'il écarte beaucoup de monde, qu'il est... raciste !

Ça y est, nous y sommes. Francine se lève et saisit le *Globe and Mail*, témoin gênant de la situation s'il en est.

— Raciste ? Raciste ? *Well*, tu peux bien nous regarder de haut, toi, depuis ce matin.

Elle lui lance le journal à la figure et se met à hurler.

— « *Premier recognizes Eastmen as a nation* ». Et c'est le *front page* en plus. Bravo, bravo. Et nous là-dedans, on est quoi ? Raciste toi-même !

Elle essuie ses yeux gorgés d'eau.

— Moi, ma mère, elle était effondrée ce matin. Des Francos, il y en a partout au pays. La vraie nation, elle est pas seulement chez vous, dans l'Est. Tu ne sais pas, toi, tu ne sais pas. Qu'est-ce que tu peux bien *carer* qu'on garde notre nom ? Tu vas t'en aller comme les autres. Il est à nous ce nom, c'est notre nom... *Go* donc *back* dans ta nation, toi !

Et elle fond en sanglots dans les bras d'une apparition aux cheveux pâles qui tente de calmer le jeu.

— Elle a un peu raison, Geneviève. Le nom de Franco-M, tu sais, il faut en connaître l'histoire.

C'est bien l'Est, dans les années 1960, qui a décidé de rompre avec tout le monde. Nous, nous pensions former une seule et grande famille. Qu'est-ce que l'Est pouvait avoir de si distinct avec des bras qui se prolongeaient dans tout le pays ?

Geneviève distingue sur les lèvres de monsieur Labbé des bouts d'histoire qu'on ne lui a jamais enseignés. Elle ravale un peu de salive.

— J'étais présent, Geneviève, en 1967, aux États généraux de la langue française quand le territoire de l'Est, sans émotion, nous a rayés de la carte. C'était dans votre capitale Q. J'avais dix-huit ans. J'étais une sorte de Réal, un peu moins ardent, peut-être. C'était la Révolution tranquille. Moderne, voluptueux, le séparatisme naissant a lacéré la vieille ceinture fléchée sous nos yeux. Nos valeurs un peu surannées lui étaient devenues obscures. Il a marqué sa frontière d'une grande ligne blanche et s'est dressé dessus pour proclamer sa nouvelle identité. Comme si la vie en français n'existait plus en dehors de lui. Nous sommes tous retournés dans nos régions avec l'obligation de nous redéfinir nous aussi. Chacun s'est replié sur son territoire et la francophonie est devenue un ramassis de petits clans ignorés de ta Nation. C'est ainsi que nous sommes devenus des Francos-M. Il n'est pas parfait, notre nom, mais c'est celui qu'on a choisi le jour où vous ne nous avez laissé que la fierté régionale. Et nous, dit-il en souriant, on oublie moins facilement l'histoire.

Chacun ramasse son reste de repas et retourne le manger silencieusement dans son bureau. À côté d'un petit gâteau « Ah Caramel ! », une chemise de papier porte le titre : « L'AFM doit-elle changer de nom ?» Geneviève balaie du revers de la main un petit ver qui grouille sur son épaule et place la chemise à côté des manuels d'instructions pour PowerPoint et Access qu'elle n'ouvrira jamais.

10 avril

Ils sont assis sur le trottoir, devant le Subway, adossés à une borne d'incendie. Ils terminent leur désormais traditionnel douze pouces à la *ranch*. Chaque voiture qui passe soulève le même petit tas de sable accumulé sur le bord de la route.

— C'est où, la rue Desautels ? demande Geneviève.

Vincent étend le bras droit devant lui.

— Juste là-bas. Tu prends le boulevard des Hérons, tu vas tout droit, c'est la quatrième. À gauche ou à droite, ça dépend. Tu vas où ?

Le moment est long, inconfortable, douloureux.

— Je vais dormir chez Roger, ce soir.

— Ah bon ?

De petits débris de salade enrobée de sauce retombent sur l'asphalte chauffé par le soleil. On aperçoit Claire qui retourne lentement au bureau après avoir mangé chez elle. Ils la saluent de la main. Il est 13 h 10, tout le monde est en retard, ce qui n'a rien d'anormal. Vincent est embarrassé, mais jamais autant que son amie, qui s'était promis de débrouiller la situation durant le lunch. Quand on sait que les mots n'auront rien de plaisant et de spontané, il relève de l'exploit de poursuivre la conversation. Il y parvient.

— Tu es donc avec lui ?

— Je pense que oui.

— On… on cesse nos petits moments, alors ?

La chaleur va étouffer la journaliste sur le trottoir. Ne pourrait-on pas lire entre les lignes au lieu de tout exprimer à haute voix?

— C'est ça, oui.

C'est mettre un terme à une entente de toute façon bancale, puisqu'il n'est pas allé chez elle depuis un mois déjà. On s'empêtre parfois dans une situation terriblement compliquée en surestimant le mal qu'on peut faire aux gens. Geneviève a perdu tout ce temps à redouter une baboune tombante, un rejet cassant, une triste indifférence. Mais Vincent a seulement l'air soulagé. En fait, c'est plutôt elle qui sue dans un gilet trop chaud pour ce mois d'avril exceptionnel. Il lui saisit amicalement l'épaule, un peu comme à leur fameux retour du Havre.

— C'est une bonne nouvelle, dit-il.

Ce sera tout. Il change de sujet, au grand bonheur de Geneviève.

— Et ton écriture, ça avance?

— Mais non, ça recule! L'histoire progresse sur une année, jusqu'en juillet, puis ça recule jusqu'au début. Ça s'appelle *La boucle*. À la fin, tout est pareil au début. Il n'y a eu aucune évolution.

— Ma foi, c'est emballant comme la pêche au vivaneau, ton truc.

— Pas du tout. Au contraire, ça tourne complètement en rond.

— Et ce n'est pas un peu frustrant pour le lecteur?

— Je ne sais pas? Tu crois? Je voulais montrer qu'il ne se passe jamais rien ici.

— Mais… à qui? Et pourquoi?

— Euh… est-ce qu'il faut une raison?

— Jamais de la vie ! Pas plus qu'il ne faudra une raison au lecteur pour sacrer ton livre à la poubelle.

La paix est bel et bien revenue.

— T'a-t-il parlé de son ancêtre ? dit Vincent.

— Qui ça ?

— Mais Roger !

— Non.

— Il est descendant d'un coureur des bois, chérie.

— Bah ! il y a eu des centaines de coureurs des bois, ici.

— Tut, tut, tut. C'était dans le Pays d'en Haut, madame, pas ici ! Dans la région M, ce sont des voyageurs, avec un permis officiel, qui sont venus en canot. On entendait l'écho de leurs avirons partout dans la forêt. Ils faisaient leurs transactions commerciales dans des campements autorisés. Mais l'ancêtre de Roger était un errant, un bandit qui troquait de la fourrure illégalement. On dit qu'il est l'inventeur du pemmican au bison séché et aux *saskatoons*. Il pouvait porter trois ballots de cent livres sur son dos. Et il n'avait pas de canot ! Ses petits-fils ensauvagés ont travaillé pour la Compagnie du Nord-Ouest et en ont fait voir de toutes les couleurs aux Anglos. Ils ont même mis le feu au fort Garry, exactement là où est le Keg. D'ailleurs, Keg, « tonneau », c'était le *nickname* d'un cousin qui buvait comme un damné.

Le récit de Vincent chasse le petit reste de malaise.

— Le Keg ? C'est vrai ? Et ensuite ?

— Bien, tu sais, ça finit comme toutes les histoires de Francos. La compagnie anglaise a avalé sa concurrente, la Nord-Ouest a disparu, les Francos se sont résignés et, au bout du compte, tout a été vendu au dominion du Canada. Je te fais ça court. Bref, est-ce qu'on vous voit à la table ce soir, les amoureux ?

— Non.

— Alors tu me racontes tout demain. Je passerai te voir.

Il essuie ses mains sur son jean et repart en direction de la radio. Puis il se retourne :

— Tu me rapporteras mes Molson Ex. Personne ne boit ça ici !

19 mars

Il avait proposé d'aller petit-déjeuner, mais elle ne voulait pas qu'on les voie ensemble de si bonne heure. Les gens auraient pu croire qu'ils formaient un couple. Puisqu'elle n'avait jamais eu ce genre de statut social dans la vie, elle préférait en être la première informée, au moment où, par miracle, ce serait clair qu'elle n'était plus célibataire. Le rendez-vous avait donc été fixé pour midi, moment neutre et peu suspect s'il en est pour une rencontre entre une journaliste et un homme de théâtre.

À l'intérieur du Centre culturel, une affichette indique de descendre les marches pour accéder au Francœur. Si l'on ne cherche pas précisément le restaurant, jamais on ne le trouve. « Il a franchement besoin d'un coup de marketing, son boui-boui », juge Geneviève.

En bas, une cheminée en pierre naturelle, des tables en érable et des napperons de papier font de l'endroit un sympathique refuge.

Roger est attablé dans un coin. Il répète un texte à voix basse, les yeux dans un cahier. Ça s'intitule *La pièce du siècle*. On jurerait qu'il n'attend personne. Elle le considère quelques secondes. De haute stature, il a de bonnes épaules, mais la taille un peu épaisse. Ses cheveux bruns n'ont pas de coupe précise. Il porte un tricot marine. De loin, comme ça, il n'a rien d'attrayant. Rien de rebutant non plus. « Un peu comme moi », se dit Geneviève.

Mais cette façon qu'il a de s'absorber dans un rôle au lieu d'attendre passivement une invitée anime chez la jeune femme un intérêt qu'elle n'a jamais eu pour d'autres. Elle est plutôt pâle, négative, moqueuse. Elle a du plaisir à observer, chez d'autres, les élans de passion qui lui sont étrangers.

— Allô. C'est vrai, il est bien correct, ton trou, dit-elle en s'asseyant.

— Madaaame Optimisme, je suis content que t'es là.

— C'est original, le tapis jaune, rouge et blanc.

— Ah ! les couleurs qui nous ressemblent : rivière Rouge, blé et lumière. Pas comme votre espèce de tapis bleu au *Franco* !

Elle apprend ainsi que la francophonie ne s'habille pas que de bleu sur la planète.

— C'est beau, la pierre blanche du foyer.

— Tu ne connais pas ? C'est la pierre de Tyndall.

— Jamais vue.

— *Come on*, les plus beaux *buildings* de la région sont faits avec ! Un calcaire très rare, tacheté de fossiles. Elle vient du fin fond de notre grand lac, la *Stain*. Des immigrants islandais la sortait de là avec des filets de pêche.

— C'est vrai ?

Il lui lance un clin d'œil espiègle.

— As-tu choisi ? fait-il.

— Ce sera vite fait. J'adore les menus à une seule page.

Il ne sait pas trop si elle dit vrai ou si elle le nargue. On évolue toujours à tâtons sur une route de crête avec ce genre de personne. Ou bien on répond pour rien, ou bien on crée un silence de trop. Mais il n'y a pas beaucoup de gens qui le déstabilisent, et c'est peut-être cela qui le séduit.

Geneviève déteste les menus-catalogues des *lounges* à la mode. Aujourd'hui, elle a seulement besoin d'un classique, et la voici aux anges avec un pâté à la viande et une giclée de ketchup maison. Elle s'essuie la bouche, puis commande une soupe aux pois, pour imiter Roger. Elle réalise qu'elle n'en a jamais mangé de si bonne. Ils terminent vers 13 h 30 avec une tarte au sucre et un café. Voilà un peu pourquoi ne s'affine pas leur tour de taille à tous les deux. « Non, je ne viendrais pas ici avec Vincent. Le Subway fait mieux l'affaire. » Elle regarde tout autour et constate qu'ils sont seuls. Dommage, elle aurait soudainement envie de s'afficher avec Roger. Il y avait foule au petit-déjeuner, mais elle a raté son coup.

(15 mars)
À l'eau
Par Geneviève Morin

Les pêcheurs de Saint-Louis sont abattus. L'industrie du poisson de prairie a perdu 10 millions de dollars pendant l'hiver à cause des caprices de Dame Nature.

Comme toujours la saison a débuté en novembre, mais, d'année en année, la glace se forme de plus en plus lentement. « Le poisson se trémousse sur le bord, mais on ne peut pas aller le chercher, se plaint Neil Laroche, pêcheur métis. Quand ça tarde, le poisson se tire au large, puis il se sauve un peu partout. Ah ! en novembre, nos filets débordent, mais la glace est mince et elle change de place. Quand la gelure de décembre roule enfin sur le lac, c'est trop tard. Ça fait trois ans qu'on n'empoche aucun profit. »

La situation risque de s'aggraver l'an prochain avec la valeur élevée du dollar. « Les pêcheurs devraient avoir droit aux mêmes octrois que les éleveurs de bison et les semeurs de pois », poursuit monsieur Laroche. « Le gouvernement devrait donner un coup de pouce puisqu'il a le monopole de la vente des poissons. En plus, le prix du gaz n'arrête pas de monter, et c'est sans compter...

Geneviève déchire sa feuille et se met à faire des bulles avec sa salive. On est dimanche et il n'y a personne au bureau. Liza repeint son sous-sol pour y loger ses deux adolescents. Claire fait sauter des crêpes en se plaignant comme toujours que la farine ne sera jamais assez noire dans ce pays pour le véritable kig-ha-farz, pot-au-feu breton qui lui rappelle son enfance. Denise et Francine ne manqueraient jamais la messe ni la réunion familiale obligatoire qui s'ensuit chez la belle-mère. Elle est donc tranquille pour commencer son article. Cependant, elle dira demain qu'elle a souffert d'étourdissements et qu'elle a mal retenu ce qui embêtait les pêcheurs de Saint-Louis. Elle a envie d'écrire, mais autre chose.

Elle prend donc une autre feuille. Elle refait par écrit le trajet de la veille. Le véhicule file au cœur des champs déjà gorgés d'eau. Roger est ravi de l'accompagner. Ils se dirigent vers le petit village de Saint-Louis, obéissant aux ordres de Liza Durand. Le soleil est derrière eux. Entre de vastes nappes de boue, de petits pics sans tête, témoins de la moisson automnale, ont réapparu sur les terres avec la fonte prématurée de la neige. Au-dessus, une toile pervenche se tend de tous côtés. Geneviève écoute Roger.

— Il y a tellement de potentiel… Notre langue est à la fois campagnarde, technique, religieuse, naïve, résistante, américaine, navrée. C'est un cafouillage inouï. En ce moment, la porte d'entrée de la francophonie en Amérique, c'est votre royaume Q. Mais nos Francos-M seraient de bien meilleurs interprètes, pas seulement de la langue, mais du *lifestyle* !

Dans le petit haut-parleur, sur des notes de guitare mélancoliques, quelqu'un s'excuse d'avoir abandonné la plaine. « *To fly with the best, sometimes you have to leave the nest*», se justifie le chanteur. On l'entend à peine, Roger l'enterrant de sa retentissante voix de baryton. Il s'agit d'un groupe local que Geneviève ne connaît pas, mais qui a brillamment percé à l'étranger. « Il y a ici, au centre du continent, une langueur et une dureté qu'on ne retrouve pas ailleurs. La désolation crée des œuvres supérieurement belles. On ne voit pas ça dans les malheureuses régions qui connaissent le succès économique. » Elle ferme les yeux et se concentre pour retenir les paroles de Roger. La chanson continue.

« *Springtime melts the snow, the rivers overflow, Portage and Main, fifty below*. »

— Tu me prêteras ton disque pour demain, au bureau ? demande-t-elle.

Au loin, des arbres commencent à apparaître. Saint-Louis marque la frontière. La plaine a ensuite trop froid pour continuer vers le nord. Elle rebrousse chemin et laisse les feuillus, les épinettes blanches, les sapins baumiers, puis les grands mélèzes occuper le territoire, jusqu'à ce que la glace les morde tous pour se déployer jusqu'au pôle Nord.

À leur arrivée au village, ils sont accueillis par des travailleurs aux cheveux noirs et luisants. Geneviève reconnaît aussi le teint bistre et les inégalités de la peau. Ce sont les cousins éloignés de ses voisins de palier. Ils ont le nez en framboise et les yeux qui s'étirent de chaque côté. On reçoit ici les visiteurs avec des bottes de pêche, sans orgueil. Dans l'ascenseur, on porte des Nike puants.

Au français s'ajoutent à Saint-Louis du cri et quelques mots d'écossais. C'est un mélange appelé le mitchif. Ailleurs sur le territoire, l'anglais des anciens *Half-Breed*, Métis du XIXe siècle rattachés aux Britanniques, l'a emporté sur tout le reste. Neil Laroche saisit un poisson dans sa main crasseuse et le lance dans une casserole de cuivre suspendue au-dessus d'un feu de bois.

Les deux coudes sur son bureau, Geneviève revoit le brochet frémissant, poêlé en plein air devant ses yeux. « C'est peut-être le beurre qui m'a rendue folle, s'explique-t-elle. Le lait cru, c'est redoutable. » Elle mouille ses lèvres avec sa langue. C'était riche comme texture. Euphorisant. Elle ferme les yeux pour mieux se rappeler l'odeur de cuir. Ou de miel. Ou de noix ?

Elle reprend son crayon. Roger Morin a beaucoup de vocabulaire, décide-t-elle en ajoutant quelques adjectifs sur sa feuille, dans le passage où Roger imagine un avenir passionnant à sa langue. Mais il décoche toujours un petit mot anglais pour bien marquer sa différence. Et quand il fait des fautes, on imagine que c'est surtout par provocation, ou alors par tendresse non avouée pour les siens. Il connaît bien tous les registres de la langue.

Elle saisit une autre feuille et y inscrit « 6 mars », pour immortaliser cette date. Il faut qu'elle parle à Vincent. Il ne peut plus débarquer sans prévenir, ouvrir une bière, lui raconter ses histoires et dormir dans son lit. Il a passé toute une nuit chez elle, le 6 mars. Pas Vincent, mais bien Roger. Comment décrire, sans paraître vieux jeu, le bonheur d'avoir dormi avec lui, front contre front, dans cette ville qu'ils abhorrent tous les deux ? « *Yish*, abhorrer, pas sûre que ce soit mon genre de mot. On verra. »

Elle trace une longue série de petits traits sur sa feuille, à la fin du texte, et prend une pause. Dans le silence des locaux vides, flotte l'avertissement du chanteur de Roger : « *Growing up in a prairie town... Soon you've gone as far as you can go... Winter nights are long, when summer days are gone... Portage and Main : fifty below.* » Le printemps ensorcelle les esprits. On en oublie les affres de la saison froide. Mais elle n'écoute pas et replonge plutôt dans les draps imprégnés de l'odeur de miel ou de noix de Roger Morin. Il l'étreint sur sa poitrine, ne laisse fuir aucun instant passé avec elle. Ses mains lui retiennent le dos, les épaules et ne cherchent rien ailleurs.

Sur l'heure, dans son bureau, elle se promet une chose folle, à elle, Geneviève Morin. Si elle est présente le jour où le premier moustique de l'été tourbillonnera devant les yeux de Roger, elle lui proposera de rester quelques années encore, avec lui, en plein milieu de ce pays singulier. « Comme dans une pièce de théâtre. Au premier moustique, je lui annonce gravement : je reste. »

Elle dépose son crayon. « Voilà, ma chère Liza, les résultats de mon périple à Saint-Louis. » Elle range ses feuilles dans son dossier rouge.

28 février

Geneviève a quitté le *lounge* depuis bientôt deux heures. Vincent l'a entendue proposer à Roger une promenade en montgolfière avant de partir. Vincent a bien compris qu'il était inutile et malséant d'aller frapper chez elle plus tard, pour plein de raisons. Les autres filles sont parties peu après, totalement inhibées par l'arrivée insolite de cette Mireille si convenable et si respectueuse. Puis, comprenant qu'il ne parviendrait pas à ses fins avec cette nouvelle venue au toupet volcanique, l'Anglo s'est éclipsé au club Coyote, une boîte située en bordure d'une autoroute déserte où amateurs de folk country, alcoolos ténébreux et filles à talons aiguilles se donnent rendez-vous en fin de soirée. Caro a écrasé ses cheveux électriques sous un gros bonnet rouge et s'en est allée en taxi lui dire son dernier mot.

Roger et Mamadi sont encore à la table, animés par un délire politique où se battent des Français haineux et ignorants des racines de leur langue dans le monde, ennemis de Mamadi, contre des Français enrichis avec le temps de la diversité de toutes leurs colonies, idoles de Roger.

— C'était moi qui recrutais les Backbiteurs, avant.

Mireille se confesse à Vincent en souriant. Elle parle de cette époque avec une telle quiétude qu'on croirait que les Backbiteurs sont de gentils troubadours.

— Ce n'est pas pour me vanter, poursuit-elle plus bas, mais c'était moi la plus infâââme. Si, si.

— Mais je n'en doute pas, feint Vincent. Et comment es-tu passée du côté des... adaptés ?

Mireille penche la tête vers l'arrière pour terminer son verre de jus et son toupet ne remue pas d'une mèche malgré l'heure. Vincent se demande s'il s'aplatit durant la nuit et si l'oreiller de Mireille sent le spray aux pommes.

— Je ne renie pas mes allégeances passées, Vincent. Il y a beaucoup de jouissance dans la diffamation collective. Je ne vais pas non plus te dire que c'est un passage obligé vers le bonheur, car vous serez tous repartis sans avoir été heureux. Appelle ça comme tu veux : paresse, scotomisation, déficience, mais je me plais bien ici. Et je n'en fais pas un principe : je partirai le jour où je ne m'y plairai plus, c'est tout.

Elle ne sait pas qu'elle s'adresse à un membre déjà tenté par la conversion. Il y a longtemps qu'il l'observe, elle, la ravissante directrice des communications de l'AFM, se mêler très subtilement à la grande sauce, en la relevant d'un petit piquant que tout le monde apprécie. Il voudrait bien qu'elle partage avec lui la clé de son succès. S'ils l'ont blanchie de ses inconduites, s'ils tolèrent sa personnalité affirmée, s'ils la laissent raconter ses voyages, peut-être pourraient-ils aussi donner sa chance à un gars de la radio pas trop détestable ?

— Tu sais, Mireille, je ne suis pas le plus malheureux. Je trouve mon compte, ici. Mais si tu pouvais jaser avec ma grande *chum* Geneviève, par exemple, ça lui ferait beaucoup de bien.

C'était une façon malhabile de dire qu'il lui trouve un envoûtant pouvoir d'apaisement. Il aurait certainement pu éviter de jeter le nom de Geneviève dans une conversation aussi détendue. Cependant, Mireille ne profite pas de l'occasion pour déprécier l'amie de Vincent. Elle lui imagine au contraire des qualités que l'autre désavouerait avec rage. Elle termine en souriant :

— Tu sais ce que c'est, la réunion de ton amie, demain, à la Tour législative ? Elle va convaincre le ministre Erickson de placer des pubs dans le journal. Je le sais, car elle a fait inviter monsieur Labbé et c'est moi qui ai préparé ses notes.

Vincent pourrait s'en trouver contenté, si son cœur n'était pas entièrement occupé à autre chose. Car une conviction saugrenue vient de l'envahir : il pourrait très bien fréquenter une fille au toupet en l'air, à condition qu'elle garde à jamais ces yeux lumineux et cette paix dans la voix. Si les lèvres roses de Mireille se détachent l'une de l'autre une fois de plus pour lui sourire, il suspendra sa chemise de Backbiteur dans le vestiaire du Keg et n'y reviendra jamais.

— Passe me dire un petit bonjour, la prochaine fois que tu iras voir Geneviève, l'invite Mireille avant de partir. On ne te voit jamais au deuxième étage !

En réalité, Vincent n'allait jamais voir Geneviève non plus : il lui téléphonait. Il décide sur-le-champ de changer son habitude. Il grimpera tous les jours l'escalier menant à cette Mireille jusqu'à ce qu'elle accepte qu'il l'embrasse enfin.

14 février

— Quelle ostsssie de loi de cul, han ?

Geneviève sursaute. Un tel juron chez un Franco-M n'est pas normal. Elle a déjà entendu un faible « crisse » dans la bouche de monsieur Labbé, mais c'est à peu près tout, et encore, il venait d'échapper tous ses journaux dans l'escalier.

La phrase a été prononcée avec un parfait accent de l'Est, incluant le typique « s » entre le « t » et le « i ». Affrication de la consonne devant une voyelle fermée antérieure. Geneviève donne trois petits coups de botte sur le ciment gelé du perron du Keg. Elle jette son mégot sur la glace du trottoir et répond :

— Bien, tu le savais que la loi passerait en janvier, non ? T'avais rien qu'à arrêter.

Le jeune homme tire amoureusement sur sa cigarette et sourit.

— J'adore les Québécoises… Elles sont douces, patientes, dociles.

Elle lui donne une taloche derrière la tête avec son gant Kombi.

— OK, OK, dictatrices, folles, violentes !

— C'est mieux.

C'est la deuxième fois seulement qu'elle se trouve en présence de Roger Morin. Elle note que son regard n'a pas la même candeur que celui des autres. On est loin de la malveillance, mais ses prunelles ont vu neiger et ce n'est certainement pas ici. Avec le froid qu'il fait, on n'a droit qu'à du soleil.

— C'est quoi, cet accent singé? dit-elle.

— Accent, quel accent? fait-il à la parisienne.

Il passe d'un accent à l'autre sans problème, et c'est ce qui a fourvoyé la jeune femme lors de leur première rencontre. Son rôle de Québécois frôle la perfection quand il s'y applique.

— J'ai fait l'École nationale de théâtre à Montréal, explique-t-il. Puis j'ai fait Jacques Lecoq à Paris.

— Et tu es rentré, tranche-t-elle.

Roger le reconnaît volontiers.

— J'ai mes moments de gloriole, ici. Je suis un gros poisson dans un petit bocal. J'écris des pièces et mes pièces sont jouées. Mes *chums* de Montréal en crèvent de jalousie. Personne ne vit de son art là-bas. Le théâtre est un *sideline* après les journées de travail à la banque ou à l'épicerie.

Il s'arrête, pensif, puis reprend :

— Mais je vais repartir, crois-moi. Je vais débarquer à Montréal en juillet et je jouerai le tout pour le tout. Dès que le premier moustique *show up, I'm out of this place*.

Ah! il connaît aussi la langue des Francos-M, c'est rassurant. Elle baisse les yeux et tente de réprimer le frisson d'excitation qui la secoue. Serait-il possible qu'ils puissent se retrouver dans l'Est l'été prochain? Elle s'imagine avec lui sur une terrasse bondée et brûlante de la rue Saint-Denis, cigarette au bec, et ne trouve l'image ni absurde ni désagréable. « Et il ne sera jamais interdit de fumer dans l'Est », se méprend-elle.

— Bon, quoi si on allait prendre un coup?

— Han?

— *Ya*, quoi si on allait pour une bière? *What if?*

Il éclate de rire et pose un gant sur l'épaule de la journaliste. Ils rentrent dans le *lounge*. L'intensité des décibels semble avoir doublé durant leur absence. Deux chaises les attendent côte à côte.

— J'ai lu une de tes pièces... *Désespoir au centre-vide.*

— Sans blague ? Ça, c'est plutôt rare. Mes propres amis ne me lisent pas. La lecture est un sport plutôt délaissé par ici. Ma belle Margo, tu pourrais m'apporter deux bières, s'il te plaît ?

— *Yap*, souffle la serveuse.

— Marge comprend le français ? s'étonne Geneviève.

— Marguerite ? Mais bien sûr. C'est ma petite sœur. Quoi, elle vous parle en anglais ? Déjà qu'elle ose travailler de ce côté-ci de la rivière. Attends que je dise ça au père !

Ainsi démasquée, la jolie Marge n'eut plus jamais l'idée de s'adresser aux Backbiteurs dans la langue des autres clients. Elle avait jusqu'alors maintenu cette barrière pour éviter d'être injustement associée à ces individus désinvoltes qui clamaient leur liberté jusqu'aux petites heures. Elle n'avait rien en commun avec eux. L'identité anglophone était beaucoup plus proche de la sienne. En lui rappelant ce soir ses origines encombrantes, son frère forçait un *coming out* dont elle se serait bien passée. Elle se félicite d'avoir su garder l'incognito aussi longtemps, mais se résigne à servir désormais les Backbiteurs en français. « Le vieux fond de nos ancêtres nous rattrape tôt ou tard », soupire-t-elle en anglais.

— Il fera moins froid samedi, *hopefully*. Je t'invite à un tour de montgolfière au cœur des champs, dit Roger. Il faut bien que tu pénètres dans ce « lieu où souffle l'esprit», quand même. On pourrait même atterrir sur le centre géographique précis du continent, si le vent est d'accord.

— Je ne peux pas, je passe la journée au Festival du canot, samedi.

Le rire du jeune homme se déverse sur les tables voisines comme une rafale de mitraillette.

— Dis donc, ils sont brutaux, au *Franco*.

— C'était mon idée. Il paraît que c'est magique : tu vas au Festival et tu tombes amoureux de la place… Je n'ai rien à perdre.

— Fais attention, ce n'est pas le Carnaval de Québec. Tu vas être déçue, prévient-il. Et puis canot, canot, pff, trop facile. J'aime mieux les vagabonds qui se cassent le dos sous la fourrure.

— Tu es bien négatif.

— Ton problème, c'est que tu cherches du pareil à ce que tu connais. Si tu compares tout, tu ne verras rien de différent. Viens donc avec moi en montgolfière. Si tu n'essayes pas au moins une fois de te laisser gifler par le vent dans le silence de l'espace, tu auras perdu ton temps ici.

— Je n'irai pas avec toi en montgolfière, je vais au Festival du canot.

Il lui jette au visage son regard le plus tendre. C'est la seule arme dont il dispose en ce soir de Saint-Valentin.

8 février

Geneviève tente de retrouver son humeur, après une réunion de production plus riche que jamais en hilarité. On frappe timidement à sa porte entrouverte.

— Geneviève, il y a une fille d'Ott'wa ici, pourrr toi... ? s'enquiert Denise.

Geneviève jette un coup d'œil à son calendrier électronique. En effet, un rendez-vous y est inscrit.

— *Gosh.* J'avais oublié. On a planifié ça en septembre dernier ! C'est bon, va la chercher.

La fille d'Ottawa porte des lunettes rectangulaires de plastique noir, on ne peut plus à la mode dans l'Est. Des stries rousses et blondes éclaircissent ses cheveux foncés, qui s'étagent graduellement jusqu'aux épaules. Son tailleur gris-bleu semble presque coordonné aux murs du *Franco*. Elle tient un porte-documents en cuir. C'est la première fois que les deux jeunes femmes se rencontrent. Le rendez-vous a été demandé il y a longtemps par une secrétaire qui n'avait rien d'autre à faire que d'organiser les voyages d'affaires de ses supérieurs un siècle d'avance.

« Pff, une fonfon... », juge Geneviève, qui ne se lève pas pour l'accueillir, un peu gênée de lui montrer son jean troué. Elle croise les bras sur son t-shirt pour cacher le petit bonhomme de *South Park* dont le gaz intestinal prend feu.

— Vous êtes de quel ministère ? demande Geneviève, feignant la curiosité.

— Je travaille pour le Commissariat aux langues officielles. Il n'y a pas de loi sur les langues dans votre région, il n'y a qu'une simple politique, mais des fois, ça vaut mieux !

— Je ne suis pas au courant, dit Geneviève.

— Je suis ici pour vous aider à faire respecter l'article 7 de la politique sur les services en français de votre administration régionale. Il concerne la communication en français, et donc, par ricochet la publicité dans votre journal.

— Je vous le répète, je ne suis pas au courant.

— J'ai apporté un exemplaire de la politique. Voilà, ici, à la page 42, « toute l'information destinée au grand public est rédigée à la fois en anglais et en français, rendue publique simultanément et diffusée par l'entremise des médias en mesure d'assurer une communication efficace avec chacun dans la langue de son choix ».

Geneviève aurait préféré un sujet plus léger. Sa tête est engourdie. C'est vendredi, et elle y est allée un peu fort sur la Dry hier. Depuis sept jeudis, elle meurt d'envie de se frotter de nouveau à cet individu qui a failli la faire pleurer avant Noël, mais il ne revient jamais. Il faudrait une nouvelle à couvrir dans le domaine du théâtre, mais *La pièce du siècle* ne s'annonce pas pour tout de suite. Alors elle s'éternise au Keg, vide les bouteilles une à une et, à la toute fin de la soirée, invite Vincent à joindre sa solitude à la sienne dans la Tour aux Indiens. La fille d'Ottawa poursuit du même souffle :

— Offres d'emploi, messages d'intérêt public, appels d'offres... Votre journal perd des revenus en placements publicitaires.

— Hé ! c'est grave, ça, déclare Geneviève, mi-figue, mi-raisin.

— Je pense bien ! Voilà, si *Le Franco* est intéressé, nous pourrions rencontrer le responsable des services en français. Je peux me charger d'organiser cette rencontre à la Tour législative. Je pourrais avoir un rendez-vous dans quelques semaines. Qui sait ? Peut-être même pourrions-nous voir le ministre Erickson ?

Elle rajuste fébrilement sa veste. Geneviève observe cette fille pleine de zèle et de conviction, ouvertement disposée à accomplir tout le travail. Comment se fait-il que des personnes de l'extérieur connaissent mieux qu'elle-même sa propre communauté et qu'elles désirent même contribuer à son succès ? Elle se trouve lamentable.

— Mais oui, bien sûr que ça m'intéresse. Je… je n'avais jamais entendu parler de cette politique. D'où sort-elle ?

— Oh ! c'est assez récent. Elle est en vigueur depuis deux ans. Quand la Cour suprême a déclaré toutes les lois de la région invalides parce qu'elles étaient adoptées seulement en anglais, votre AFM a négocié avec le gouvernement pour obtenir des services plus utiles que la traduction systématique de toutes ces lois. Un document très connu, intitulé *Mieux communiquer avec les francophones*, a été préparé. Le gouvernement s'en est servi pour élaborer sa politique.

Il s'agit de la meilleure histoire de réussite que Geneviève ait entendue jusqu'à présent. Elle se demande si Vincent en connaît les détails.

— C'est très fort. Qui avait rédigé ce document ?

— Le juge Raymond Morin, bien sûr.

21 décembre

Quand le réveil a sonné, à 6 h, Vincent a dû vomir son trop-plein d'alcool, ce qui n'a guère plu à son hôtesse, désireuse d'arriver tôt à l'aéroport pour goûter plus longtemps le plaisir de quitter les lieux.

Pendant l'escale à Toronto, le jeune homme se procure *La Presse* de toute urgence. Il dispose de dix jours pour faire le plein de culture digne de ce nom, ce qui signifie probablement voir des films américains doublés en français avec la voix d'Yves Corbeil. Dans l'avion qui les mène célébrer Noël à Laval, il déplie l'horaire de cinéma sur ses genoux et tente un brouillon mental de calendrier des fêtes.

Assise à sa gauche, Geneviève sort de sa poche une enveloppe reçue la veille en provenance d'une certaine F. Lacasse. Elle la décachette et en retire une photocopie de lettre ornée d'une tête de père Noël.

« Dear Friends and Family,

As our second Christmas approaches as a family of four, we are again so thankful for our many blessings! Our babies, Madison and Ashley, turned one year on August 15th. We celebrated this huge milestone with a yummy carrot cake. They both decided to walk at 14 months. We were so used to saying : 'Any day, now!' that we began to wonder if the day would ever arrive!

It did, and it was captured for posterity on video tape and digital photo. They are calm, smiling, happy babies... »

« Je rêve, se dit Geneviève en sautant plusieurs paragraphes. Mais qu'est-ce que c'est que ce machin ? »

« *Greg, my dear husband, is still playing in the church band...* »

« Ah ! merci de l'information... »

« *As for me, I went back to work at the end of the summer (sigh...) but only part time (four days). Kids and I go to a Lacasse cousin coffee playgroup one morning. I'm still on the Board of Directors for the Festival du Canot and still find some time to play curling (but for some strange reason, I just don't have as much free time as I used to !).* »

« Sac à blagues, va ! »

« *This past summer, my mom and dad decided to rent a cottage at* "La Tache" *(the Stain – tee-hee !) for six weeks. We moved in with them and had a wonderful time !* »

« Grosse tache toi-même ! » pense Geneviève.

« *Summer ended with my Grandma Lacasse's* 90th *birthday.*
This year brought a sad event in our family with my aunt Léonie loosing her job as accountant at the age

of 45. Her loss will be felt for a long time at the FMA (AFM).
Again, we would like to thank you for support and love.
Merry Christmas/Joyeux Noël

Francine Lacasse »

Entre une publicité de *Troie* au cinéma Colossus et un menaçant haut-le-cœur, Vincent lève le nez de son journal et jette un œil sur cette mystérieuse lettre qui fait s'esclaffer sa voisine depuis dix minutes.

— Franchement, Geneviève, sors un peu, c'est une *newsletter*. Tout le Commonwealth fait ça. J'avais une copine australienne qui m'envoyait toujours un truc semblable à Noël. C'est une revue de l'année pour les amis et la famille.

— Le Commonwealth, hein ? Ah bon ! je ne savais pas que les Francos-M voulaient en faire partie. Estie que j'ai hâte d'arriver chez nous.

Vincent ne l'écoute plus. Il mise beaucoup sur la pizza pochette que lui tend l'agente de bord pour couvrir tout ce qui veut encore remonter de son estomac.

— *Something to drink with that ?*

— *Yes, I will... woull like a Coke.*

Geneviève scrute suspicieusement les lèvres de l'agente, sa mâchoire, son regard. Pour lui signifier qu'elle n'a pas faim, elle hoche la tête de droite à gauche. L'agente continue sa tournée, derrière son chariot à odeur de pepperoni.

— T'es bien sûr que c'est une Anglo, celle-là ? demande-t-elle.

— Comment ?

— Elle a hésité en te parlant. Elle regardait ailleurs. Comme si l'anglais n'était pas vraiment sa langue.

— Ça y est, tu te mets au service de la Cause, maintenant? Paranoïaque! Si elle avait pu parler français, elle l'aurait fait.

— Ah ouan?

— Mais oui, pourquoi pas?

— Tu les reconnais, toi?

— Qui? les Anglos?

— Non. Les Francos qui se déguisent en Anglos.

Vincent réfléchit un instant.

— Bien sûr que non. Ils ont un accent parfait.

— Voilà. C'en était une. Elle préfère se fondre dans la masse plutôt que d'afficher sa différence.

Vincent se soulève un peu pour observer la jeune agente de bord. Visiblement mal à l'aise de se mouvoir dans l'étroit passage, elle offre gauchement ses pizzas à tout le monde en anglais. De légères turbulences saccadent ses mouvements et agitent son chariot.

— Tu n'y es pas, dit-il en se rasseyant. Elle a juste un air constipé. Sa queue de cheval tire ses joues vers l'arrière. Son rouge à lèvres est mal mis. Ses fesses sont coincées dans sa jupe. C'est tout bonnement une Anglo.

Geneviève arrache le restant de pizza des mains de Vincent. Celui-ci reprend son journal, le chiffonne et s'en fait un oreiller. Geneviève termine la pizza, reprend sa lettre et s'en fait un essuie-doigts.

— C'est tout de même injuste qu'on parle si mal anglais, conclut-elle. Nous, on est démasqués partout.

— Je dors. Écris une lettre à feu Camille Laurin.

— À qui ?

Il ouvre une paupière et la referme. Son amie est réellement une brute ignare.

— Vraiment, je dors.

19 novembre

Geneviève est revenue de chez les Francatlantiques avec la conviction tranquille que rien d'important n'avait pu se produire pendant son absence. Installée à son bureau, elle ouvre l'édition du 16 novembre pour s'assurer de l'inaction ambiante. Mais elle essuie le camouflet de l'année.

16 novembre
Nouveau produit de toilette !
Éditorial
Par Francine Lacasse

Le projet de bistro bilingue que chérissaient les Francos-M pour le nouveau pont piétonnier reliant le centre-ville au carré français a plutôt évolué en salle de bain historique de luxe, « beaucoup plus utile à nos marcheurs », précise le maire.

Ces toilettes auront, nous dit-on, une saveur francophone bien plus originale que ne l'aurait eue un simple restaurant. « On ne veut pas vraiment que les gens arrêtent. On veut leur faire traverser le pont. Il faut simplement leur permettre une pause qui leur donne l'odeur du quartier français et l'envie de poursuivre leur périple de l'autre côté du pont », continue le maire.

Voici le concept, imaginé par un artiste reconnu pour ses représentations figuratives peu communes. Les hommes font pipi sur la tête de Louis Riel, peinte sur le mur de ciment. Un filet d'eau coule entre ses yeux, se mêle à l'urine, et le tout tombe dans une sorte d'abreuvoir pour bisons, style très Ouest. Les femmes, assises sur la lunette, ont droit à une affiche de Gabrielle Roy, collée sur la face interne de la porte. Elle fait une grimace. Solidarité francophone devant la douleur. Derrière l'auteure, en filigrane, on distingue l'église et le musée, qui échangent encore un doux regard sans vieux Francos entre les deux. Si la passante, par souci d'hygiène, préfère poser ses mains plutôt que ses fesses sur le siège d'aisance, elle se retrouve carrément nez à nez avec l'auteure. Et alors, en cherchant un peu, elle peut distinguer, dans le fond de l'œil droit de madame Roy, une petite gerbe de blé rouge, jaune et blanche, symbole de la fierté francophone.

Le maire est particulièrement fier de l'efficacité de sa décision : « Toutes les questions de nourriture, d'alcool, de bottes d'hiver, de fumée, de chiens, et quoi encore, sont du coup réglées. »

Et quoi encore ? La question du bilinguisme, évidemment. L'Association des Francos-M tentait, depuis près d'un an, de vendre au maire l'idée d'un bistro dont le personnel aurait été entièrement bilingue. On y aurait servi des plats simples et frais, inspirés à la fois de la cuisine française et des traditions de chez nous. Juché au-dessus de la rivière Rouge, au milieu de tout, le bistro aurait réuni, dans un espace de détente linguistiquement neutre, deux groupes fondateurs heureux de partager enfin la même histoire. Au quotidien, tout le monde s'entend bien. Pourquoi ne pas le montrer publiquement ?

Bravo, monsieur le Maire, d'avoir si bien noyé notre idée de bistro bilingue.

Francine Lacasse

Geneviève saisit le journal et le projette le plus loin possible. Les pages se désassemblent et retombent tout juste devant son bureau. Comment Francine Lacasse a-t-elle pu, en trois jours seulement, gagner autant d'importance au *Franco* ? Vivement la réunion de jeudi soir pour démolir ses efforts en public.

29 novembre

— Entre, c'est ouvert, dit Geneviève.

Elle est affalée sur le canapé, les bras croisés derrière la tête. Une cigarette fume dans le cendrier plein. Vincent entre en douceur et se rend près d'elle. Il allume la lampe en passant.

— Ça pue, chez vous, dit-il.

— Éteins, éteins, fait-elle en cachant ses yeux dans le creux de son coude.

Il fait coulisser la porte du balcon pour faire entrer un peu de vent frais. À l'extérieur, la bruine de fin de saison gèle au sol, couvrant le balcon d'une fine couche de glace.

— Tu n'es pas venue au Keg ?

— Je savais que tu viendrais faire ton tour après. C'était le plus important. J'ai manqué quelque chose ?

Il soulève les jambes de Geneviève et s'assied dessous. Il lui masse les orteils à travers ses chaussettes.

— Tu es dégueulasse, dit-elle en riant.

— Caro voulait discuter de ton article sur la récitation du Notre Père à l'école. Elle se sentait seule, elle a bu comme un trou. Isabelle se faisait draguer par l'Anglo, ça l'a virée tout à l'envers. Elle a braillé toute la soirée, je te dis pas. Le gérant l'a mise dans un taxi et a réglé la note. Marge n'était pas là, nous avions un imbécile qui ne comprenait rien à nos habitudes. Il a demandé qu'on baisse le ton !

L'Anglo s'est fâché, il est allé draguer les délurées du Coyote et, je ne suis pas sûr, mais je pense qu'Isabelle a fini avec le caméraman de Caro, tu sais celui qui ne parle jamais, mais qui vient toujours quand même.

Elle reprend son petit bout de cigarette.

— Déçu ? demande-t-elle.

Il cesse de masser et jette son regard dans le sien.

— Mais non, tu m'énerves. Isabelle n'est pas mon genre.

— Ton genre, on ne sait pas trop ce que c'est. Tu vas finir avec Mireille Sauvé, si ça continue.

— Ça va, les insultes. Je peux me coucher ?

— Ouan. Lave tes mains avant.

Vincent retire son pantalon et s'installe comme d'habitude sur le côté droit du lit. Il aime ce moment où les 400 fils de la couette de son amie se disputent ses jambes pour les caresser. Geneviève enfile un pyjama en sachant trop bien qu'il ne la regarde même pas, et laisse ses cheveux en tourbillon sur sa tête. Elle se place de dos dans le lit défait et attend qu'il s'approche. Elle ferme les yeux et inspire lentement. Vincent déclipse sa barrette et la dépose sur son propre oreiller. Il glisse ses doigts dans les cheveux emmêlés de Geneviève et défait les nœuds un à un. Un pan de couette sépare son bassin du dos de la jeune femme. Il met les paumes sur ses épaules tièdes et la caresse jusqu'à ce qu'il la croie endormie. Il pose ensuite un baiser sur son dos et se retourne pour s'assoupir, le nez sur la barrette. Sur son côté de lit, Geneviève ne dort pas. Elle alimente le rêve fou de bras d'homme qui l'étreindraient jusqu'au matin. Mais jamais elle n'oserait effleurer une seule partie du corps de Vincent sous les couvertures.

3 novembre

Une quarantaine de personnes assistent à l'AGAAFM, l'Assemblée générale annuelle de l'Association des Francos-M. Dans les années 1980, ce genre d'événement rassemblait des milliers de personnes. C'était à l'époque où les Anglos avaient écrit « *NMF* » partout, incendié les locaux du *Franco*, volé les caméras et menacé de tuer le président de l'AFM. « *Let the majority rule. Get rid of the frogs. NO MORE FRENCH.* » La Cour suprême venait d'invalider les 4 000 lois adoptées en anglais depuis 1890, année où le français avait perdu son statut de langue officielle dans la région. « Ne soyons pas ridicules, avait dit la Cour, selon vos propres papiers fondateurs de 1870, toutes les lois doivent être votées dans les deux langues. » Le premier ministre d'alors, plutôt hostile aux minorités de sa région, avait tiré la langue, acheté de l'essence et fourni les allumettes. On raconte que le KKK était impliqué dans les manœuvres d'intimidation. Devant une foule hystérique rassemblée au milieu d'un champ francophone, le président de l'AFM avait pleuré dans les bras de Juifs, d'Ukrainiens, d'Islandais et avait répété : « Je continue de croire en une société tolérante et civilisée. On a déjà dit "plus jamais". »

Aujourd'hui, tout est bien différent. On dresse le bilan de l'année terminée le 31 mars dernier dans les livres comptables. On annonce aussi les projets à venir, c'est-à-dire ceux qui sont en marche depuis déjà sept mois dans les registres gouvernementaux. C'est le ministère de la Culture qui impose de tels rassemblements aux organismes qu'il subventionne. La taille de la salle choisie rétrécit d'année en année, suivant le nombre de participants. Certains absents ont peut-être pris sans trop en parler le chemin de l'assimilation (aïe!). Ou décidé, pour une fois, de boycotter la supermachine de gratte-papier. Qui sait? On est peut-être satisfait de l'état actuel des choses. Il est vrai que les choses ne vont pas mal, enfin pas trop mal. Une longue agonie camouflée est toujours moins tragique qu'une bombe dans un lieu public.

Les personnes présentes sont calmes et obéissantes. Elles regardent passer le superbe samedi ensoleillé, dans leur tête surtout, car il n'y a pas de fenêtres dans le local. Quand la déprime approche, elles visualisent la feuille de temps sur laquelle elles inscriront une journée de temps supplémentaire. Cela en fera deux à reprendre en congé, qui s'ajouteront aux six semaines de vacances déjà accumulées pour l'été prochain. Parlez, parlez, petits amis, si vous dépassez 16 h, une autre demi-journée, qui deviendra une journée entière, apparaîtra sur la feuille magique de la gestionnaire des ressources humaines.

Vincent a dormi dans le lit douillet de son amie et s'est réveillé dans une forme redoutable. Geneviève s'est demandé toute la nuit pourquoi la nature l'avait privée de toute forme de sex-appeal. Devant leurs carnets, stylos, micro portatif et magnétophone étalés, le directeur intérimaire énumère les réalisations de l'année.

Avons reçu le chèque de financement du fédéral.
Avons perdu trois conseillers francos aux élections.
Avons tenté d'obtenir un bistro bilingue pour le pont.
Avons déploré le manque de sympathie du Parti Lys.
Avons survécu le scandale financier de l'université.
Avons reculé de 5 % au recensement.
Avons siégé au sous-comité du nouveau machin francophone.
Avons revu nos stratégies solides de positionnement.
Allons passer aux propositions de l'assemblée.

C'est à peu près annoncer que la réunion est terminée. Personne n'a rien présenté depuis plusieurs années. Vincent retient un bâillement et chuchote à l'oreille de Geneviève qu'il a rarement vu réunion aussi soporifique.

— J'avais prévu le coup, dit Geneviève en montrant un livre, caché sous ses papiers.

— Une pièce de Roger Morin ! Je t'avais dit, hein, que c'était pas mal ?

Mais Geneviève ne l'entend plus... Son ventre se tord tellement elle espère être déçue par le passage qu'elle s'apprête à lire, tout en haut de la page 52 de *Désespoir au centre-vide*, et qu'elle sait, dès les premiers mots, être celui qu'elle recherche depuis le début :

« Après, y a les Québécois. Pis y vous font chier parce qu'y viennent voler vos jobs. Y viennent s'installer icitte, mais y ont pas la culture des Francos-M à cœur, pis y sont pas icitte longtemps. Y prennent de la place, pis y parlent fort. Y veulent que les choses bougent. Vous les voyez comme des opportunistes qui savent pas vivre, qui savent pas comment les choses marchent icitte. C'est jusse une *gang* de chialeux qui critiquent tout' pis qui se contentent pas de vivre dans votre petit monde imaginaire rose gomme balloune, pis ça, ça vous fait chier. »

Elle referme lentement le livre, en serrant les lèvres et en hochant la tête. Vincent avait raison : ça a été dit. Et d'une façon très juste. Et il y a déjà longtemps. Et par un Franco-M qui ne fait pas de fautes, du moins quand il écrit. Devrait-elle abandonner sur-le-champ le tout premier projet personnel de son existence ? Jeter ses néfastes impressions sur papier est pourtant sa seule chance de survie dans cette étendue de terre si éloignée de la sienne.

Puis une voix, soyeuse et confiante à la fois, s'élève dans la salle. Ce n'est ni l'accent roulant des Francos-M ni celui nasillard des Québécois. On perçoit une envie réelle de parler français, de choisir les bons mots, de défendre la Cause. Bon sang, la honte : une anglophone qui a appris le français !

— Monsieur le Président, j'ai ici une pétition signée par deux cents personnes. Nous souhaitons que l'AFM s'oppose publiquement au projet de résidence pour vieux Francos, qui sera construite sur l'un des plus importants sites historiques français du Milieu.

Silence. Le directeur est perplexe. On lui avait juré que tout se déroulerait sans la moindre intervention de l'assemblée. Que faire en pareil cas ? Il jette un œil au président, qui tente de disparaître sous sa chaise. La Caisse populaire, dont il est le gestionnaire principal, finance le projet de construction et ses clients ont bénéficié d'une réduction majeure pour y réserver leur place. Lui-même a empoché une commission de cent mille dollars pour la vente des unités. Le directeur toussote et replace sa cravate. « Ce doit être comme aux réunions de l'Union paysanne », se dit-il. Il demande si quelqu'un dans la salle voudrait appuyer la proposition. Le jeune Réal Lagimodière lève immédiatement le doigt. Zut. Le directeur demande à la salle de se prononcer. Rezut. Les gens sont d'accord. Ils donnent à l'unanimité à l'Association des Francos-M le mandat de défendre le patrimoine du carré français.

Il est vrai que la future résidence pour personnes âgées, sur papier, ressemble à un immeuble communiste qui aurait poussé entre l'église et le musée comme une grosse verrue. Mais jusqu'alors, Geneviève ne s'était pas étonnée de l'indifférence des gens. Seule la démolition simultanée du musée, de l'église, de l'université, du *Franco* et du bureau de poste eût pu réveiller la ferveur patriotique de cette communauté. Mais voici qu'une jeune inconnue, à qui l'école française fut autrefois refusée parce qu'aucun de ses ancêtres n'était parent avec Louis Riel, faisait renaître l'élan. Son papa, un ministre très francophile, a toujours cru au projet bizarroïde de bilinguiser tous les enfants du pays. Il a jadis inscrit sa fille à l'école d'immersion et lui a fait passer les étés de son enfance à Paris. Aujourd'hui avocate à la Cour du Banc de la Reine, Mary Ann Erickson est la perle rare qui peut défendre les causes dans les deux langues officielles du pays.

Le directeur ravale sa salive avant de déclarer l'assemblée annuelle terminée. Quelle réunion !

— Ah, ils ne feront rien, dit Vincent en rassemblant ses affaires. Il faudrait voir la liste des vieux qui vont habiter là. La mère du président a probablement choisi d'y finir ses jours. Et le monsieur qui avait reçu le *ticket* en anglais en 1979.

Et le fondateur de la commission scolaire. Personne ne peut refuser leur place au soleil à ces gens-là. La communauté leur doit bien ça.

— Je pense qu'ils n'ont pas le choix, objecte Geneviève. Ils en ont le mandat officiel, quand même.

Vincent pose son micro sur le bras de son amie en signe de gageure officielle.

— Je te paye la brosse de ta vie si Mary Ann Erickson arrive un jour à quoi que ce soit.

13 octobre

Au retour de cette soirée amusante passée dans une tempête de vent au Havre, Vincent dépose Geneviève devant son immeuble. Elle lui fait un beau bonsoir de la main, puis se fracasse la figure dans les marches du perron. Vincent se précipite pour relever son amie. « Ça va, ça va », dit-elle, embarrassée. Les paroles de sa mère résonnent dans sa tête : « Ma fille, quand tu commenceras par attacher tes foutus souliers... Comment veux-tu avancer dans la vie avec des pieds qui barouettent dans tous les sens ? » Quelques minutes de silence s'écoulent. Elle reprend son souffle dans les bras de Vincent. Un homme soûl à cheveux noirs passe près d'eux et entre dans l'immeuble. Geneviève propose :

— Viens dormir avec moi.

Le cadre ne saurait être plus romantique. Geneviève s'est râpé le menton sur le ciment et ses cheveux font des lacets autour de son visage. Le vent a suivi le couple depuis la campagne et se frappe au béton. Des silhouettes vacillantes circulent sur le trottoir en direction d'hôtels où trouver encore une bouteille ou deux. Vincent recule soudain la tête. Il a peut-être la berlue, mais il lui a semblé que Geneviève s'approchait pour l'embrasser.

— Écoute, tu as bu, le vent t'a étourdie. Crois-moi, tu serais bien malheureuse de me trouver dans ton lit, demain matin.

— Ce n'est pas ce que tu penses, se hérisse-t-elle.

Furieuse d'avoir dévoilé son désir de façon aussi inefficace, elle perd d'un coup cette humeur enjouée qui l'a animée toute la soirée. « Quelle humiliation ! », peste-t-elle. Elle voudrait se traîner jusqu'au canapé bleu et crouler en paix dans le pessimisme. Elle pourrait allumer une cigarette dans le noir, se répéter qu'elle est moche, idiote, digne de la région où elle croupit et s'endormir sans se brosser les dents. Elle serait en terrain parfaitement connu. On ne la reprendra plus jamais à avancer les lèvres comme une libidineuse, une dégourdie, une Isabelle, une Caroline ou autre amoureuse-née.

Cependant, Vincent Lesage mérite sans doute un dernier effort, à titre de personne qui nous est indispensable dans la vie, par exemple. Elle cogite un moment. D'accord, s'il le faut, elle acceptera de jouer la confidente, la marraine, l'entremetteuse ou la simple partenaire de fast-food, en autant qu'ils restent amis. Mais avec les secondes qui passent, Vincent risque de ne jamais oublier sa prestation de Quasimodo version féminine. Elle donne un coup de pied à son amour-propre, qui gît à côté de ses souliers, et bredouille :

— On discuterait un peu, c'est tout. Tiens, je voudrais bien savoir ce que tu penses des élections qui vont avoir lieu dans l'Est.

— *Excuse me, can you o-open the door ?* demande un ivrogne.

— *Leave us alone and go away, you fucking moron*, dit Vincent.

L'homme reprend le chemin des hôtels. Des mots confus sortent de sa bouche et se perdent dans le vent.

— C'est bizarre, des gros Chinois boutonneux comme lui, j'en ai plein dans mon bloc, dit Geneviève.

— C'est un Indien, Geneviève. Un Indien de ville.

Un Indien ? Ils ne vivent pas dans des réserves ? Ils ne sont pas sveltes, heureux, friands de poisson et de fruits sauvages ? Ou riches propriétaires d'entreprises dans le bout du lac Saint-Jean ? Combien d'autochtones a-t-elle croisés ici sans jamais le savoir ?

Vincent gare la camionnette et raccompagne son amie jusqu'à son appartement, au 10e étage. Le vent semble éparpiller les esprits en cette nuit agitée et il serait malheureux qu'une première rencontre officielle avec les Indiens se termine mal pour son amie. L'histoire regorge d'exemples de malentendus culturels catastrophiques. Il entre chez elle et s'assied. Il caresse ses cheveux, lui donne un baiser sur la main. Elle s'endort tout habillée sur le canapé.

*

Dès 8 h, la sonnerie du téléphone la délivre de milliers de Chinois à plumes qui décochent des flèches sur sa poitrine nue. La nuit entière fut martelée par ce rêve étrange.

— C'est déjà moi. As-tu assez honte à ton goût ? dit Vincent en riant. Allez, réveille, désoûle, j'arrive, on va prendre un café. Je vais te le dire, moi, ce qui risque d'arriver à notre Parti Lys, si ça continue.

Soulagée qu'il tourne au ridicule une situation aussi dégradante, elle se relève en vitesse, avale un litre d'eau et s'empresse de camoufler ses petits sentiments amoureux dans un paquet de cigarettes vide. Elle humecte son visage, respire un bon coup et lance le paquet à la poubelle. Avec deux doigts, elle fait le signe des scouts et promet de ne plus jamais rien tenter d'érotique avec Vincent Lesage.

27 septembre

Composée d'une dizaine de jeunes dans la vingtaine, la table des francophones est la plus tapageuse du Keg. Les rires exagérés, les moulinets de bras, les faux esclandres et surtout les jurons d'inspiration catholique, ceints d'un large bandeau de fumée, tout ce vacarme s'entend depuis l'entrée du restaurant.

« Vais-je réellement m'associer à cette bande de déficients ? » s'est demandé Geneviève, tapie dans l'ombre du vestibule. Depuis sa cachette, elle observe le groupe. « Bon, Vincent Lesage est là, et il n'est ni le plus sonore ni le plus soûl, je crois. OK, je reconnais deux filles de Télé-Pays. Tiens, il y a ce don Juan de la télé anglaise, n'importe quoi. Ça, c'est peut-être quelqu'un d'autre de la radio. Voilà la fille aux communications du Festival d'été, et puis celle du théâtre. Il y a un Africain, ce qui est inattendu ici. Lui, j'sais pas, elle non plus. Bon. Qu'eeeest-ce que je fais ? »

Autour, les anglophones boivent poliment un apéritif en ne faisant pas trop attention, ce qui est difficile, car on croirait à tout moment qu'une des filles s'est fait pincer une fesse ou a soulevé son chandail. Tapant une patte de table avec le bout de ses bottes et pépiant ses capacités amoureuses aux quatre vents, Caroline crée à elle seule le gros du tumulte. « C'était plutôt chic, ici, avant », s'étonnent les clients en souhaitant qu'une place se libère au plus vite dans la partie restaurant. Ceux qui par paresse ont commandé leur pièce de bœuf dans le *lounge* n'ont pas fait le bon choix. Le comportement de nos amis ne s'améliore pas au rythme des Dry qui se vident. D'ailleurs, ils recommandent sans cesse nachos, *chicken fingers* et autres fritures, ce qui, dans l'ordre des départs, leur assure le dernier rang.

Lors de la conversion du Keg en restaurant, l'architecte avait pourtant fait visser les tables au plancher pour éviter l'agglutinement et le désordre. Mais ces jeunes Latins amalgament les chaises, s'entassent les uns sur les autres et écrasent leurs cigarettes dans les assiettes pour gagner de la place et du temps.

Le gérant du Keg est divisé sur la question de leur présence. Cette bande de galopins, il y a presque deux ans, a redonné vie à son restaurant en plein déclin. Une certaine Mireille, qu'on ne voit plus, en dirigeait les réunions. La bonne humeur, la nonchalance se voyaient de la rue et faisaient entrer les gens, autrement intimidés par le décor bon chic bon genre. Aujourd'hui, le *lounge* est rempli de clients un peu indisposés, mais il est rempli. Ne serait-il pas risqué d'en chasser les porteurs de chance ? D'autant plus qu'ils génèrent une fortune en pourboire avec leur manie de commander séparément une multitude de petites choses. Et ça énergise, se frotter à ces criards. Le problème, finalement, c'est cette clientèle distinguée que l'on recherchait au départ, qui mange des steaks à 24 $. Elle a d'abord boudé l'endroit, situé au centre de rien. Puis on l'a retrouvée, mêlée à la horde des nouveaux partisans du Keg. Ne se marie-t-elle pas merveilleusement bien aux imitations d'antiquités et au tapis chiné ?

Mais elle fait la tête à cause du bruit et elle s'attarde longtemps sans ingérer beaucoup d'alcool. Le gérant est donc embêté. Les plaintes s'accumulent, mais il n'a pas envie de déloger les jeunes. « *Caroline, would you just... Please ! Don't put your shoes on the table !* » Il est vrai que ces jours-ci, ils exagèrent un peu.

— Excellent ! Gen ! On ne t'attendait plus ! *Marge, darling, come 'ere, dere is somebody wit' big thirst.* Veux-tu une Dry ? Une du Maurier ?

Vincent tend son assiette à la nouvelle arrivée.

— Un bout de *fish stick* ?

Si elle pose une seule seconde le derrière sur une chaise, c'est qu'elle appartient désormais au troupeau. Mais qu'est-ce qui sera le plus déplaisant dans cette ville ? Passer l'année seule dans un immeuble fourmillant de toxicomanes hébétés ou sympathiser une fois par semaine avec des écervelés de son âge ? Le journaliste anglais est contraint de laisser filer sa proie, qui s'approche pour noter la commande de Dry. Geneviève s'assied à côté de Vincent et tend une main vers son paquet ouvert. « OK, les sans-classe, je veux bien, tant que je serai dans cette région de misère, vous tolérer comme amis », se résout-elle en secret. Mais elle repousse l'assiette de Vincent.

— Ça, non. Je déteste le poisson.

Entre-temps, Isabelle, l'agente du Festival d'été, s'est avancée, puis accroupie à la gauche de Vincent. Elle entend régler une question importante.

— Spéciale ou régulière ? lui glisse-t-elle.

— Bonne question. Je dirais... régulière ?

— Tu es sûr ?

— Oui. Elle est des nôtres.

Caroline interroge déjà la nouvelle pour mesurer son potentiel de destruction sociale. Isabelle se relève, contourne Vincent, pose quelques frisettes sur la joue de Geneviève et prend un air d'institutrice.

— Alors, comme ça, tu joins les Backbiteurs ?

— Les quoi ?

25 septembre

Normalement, les Francos-M sont de commerce agréable. La plupart sont calmes, polis, tout à fait innocents. Il a fallu que Geneviève tombe dès le début sur la seule exception : Francine Lacasse. Celle-ci vouait une antipathie aussi généralisée qu'irréfléchie à tout ceux dont la naissance gravitait à plus de cent kilomètres du centre du pays. Son congé de maternité, qui venait de s'achever, avait doublement aggravé le phénomène.

Geneviève ne mange pas à la cuisine aujourd'hui. La compagnie de Francine et de Denise, qui passent l'heure du midi à échanger leurs potins communautaires, lui est indigeste. Francine évite son regard et aborde des sujets qui la maintiennent hors de la conversation. De surcroît, elle bourre son discours d'anglais pour bien lui montrer qu'elles ne sont pas du même monde. Le commérage s'est terminé la veille sur l'échec du Festival d'été, et Geneviève a senti qu'on lui reprochait, en quelque sorte, d'avoir donné le coup de grâce à l'événement en n'arrivant qu'à la fin de l'été.

Elle met donc le nez dehors. « Ce qu'il fait sombre au *Franco*, pense-t-elle. Je n'aime pas la lumière, mais quand même. » Le bourdonnement des camions lui redonne un peu d'entrain. Mains dans les poches et narines au vent, elle arpente les deux côtés du boulevard Provencher. Malgré tous les organismes qui ont élu domicile dans le quartier, malgré la peuplade de voitures se disputant le boulevard à toute heure, personne n'a donc jamais songé à tenir un café qui offrirait sandwiches et salades le midi ? Quarante minutes plus tard, Geneviève se rabat sur un misérable Subway et avale un sous-marin de douze pouces au poulet et à la sauce *ranch*.

Ses phrases indécises, au moment de la commande, lui valent d'être remarquée par un jeune homme assis près de la fenêtre.

— Hé ! tu viendras t'asseoir ici, lui lance-t-il.

Geneviève sursaute. C'est donc si évident qu'elle est francophone ?

Elle pose son plateau devant celui de l'inconnu au col de chemise fendillé. Il a terminé son *sub* et tire sur une cigarette.

— Tu es la nouvelle journaliste du *Franco*, non ?

— Ça alors ! les nouvelles vont vite.

— Aah ! c'est une petite communauté, ici. Je m'appelle Vincent Lesage. Tu viens d'où ?

— De l'Est, comme on dit !

— J'avais compris. D'où exactement ?

— De Laval.

— Tiens, moi aussi.

Mais il ne tente pas de leur trouver des amis communs ou un lien de parenté. Il poursuit.

— C'est fou comme ça ressemble à Laval, ici, hein ? Les longs boulevards qui agglutinent les commerces aux toits plats entre les stationnements... Dans le bout de l'aéroport surtout, on se croirait chez nous.

— Mais pas du tout, Laval n'est pas si laid.

Mais bien sûr que si. Il poursuit.

— Ma recherchiste s'est bien trompée : elle pensait que tu étais la sœur d'un gars d'ici, Roger Morin.

— Tu es journaliste, toi aussi ?

— Eh oui, comme pas mal de jeunes qui viennent ici. Il n'y a pas de main-d'œuvre locale en communication. Le français est trop... faible.

Geneviève rougit en songeant aux dizaines de fautes qui tapissent ses propres feuillets.

— On commence à être une bonne petite *gang*, dit Vincent, si on compte les agents de communication. Moi, je travaille à la radio.

— Et les jeunes restent longtemps ?

— Ça dépend. La région M peut être une sorte de tremplin. Ils ont un bel appart, un char et de l'argent. Dès qu'ils ont des vacances, ils se sauvent dans l'Est. Mais si tu aimes le soleil, tu peux être heureuse ici.

Il se lève pour quitter la table.

— On se regroupe toujours le jeudi soir, au Keg, sur la rue Garry. Tu viendras !

— OK, parfait ! Hé, attends un peu, j'ai une question. C'est quoi un « social » ?

— Un social ?

Vincent est toujours ravi d'éclairer les ignorants sur les mœurs locales.

— C'est une soirée de danse pour collecter de l'argent quand on se marie, dit-il. Les jeunes font ça dans un sous-sol d'église ou à l'aréna. Big Lagimodière s'est fait 20 000 $ la semaine passée. Ta collègue y était, cette délicieuse Francine…

La rue Garry se trouve tout près de chez Geneviève. Que des francophones s'y rencontrent le jeudi soir est une nouvelle inespérée. Il suffit de marcher quelques minutes. Elle pourrait en outre revoir ce Vincent Lesage qui l'a si aimablement invitée. Un puissant rayon de soleil traverse la vitre et picote sa joue. La chaleur l'a toujours excédée. Les jeunes qui grandissent en banlieue, à l'ombre d'une haie de cèdres, près d'une piscine, n'ont par la suite aucune tolérance au soleil. « Pourrais-je plaire à ce garçon ? » se questionne-t-elle. À ce moment précis, la vie pourrait lui sembler moins lourde si elle ne venait pas d'engloutir un pied complet de *ciabatta* remplie de mauvais poulet arrosé de sauce.

31 août

Le moment de la première visite au *Franco* est venu. Un après-midi aurait été suffisant pour débourrer son sac et faire provision de nourriture. Or, trois jours aussi futiles que débilitants se sont succédé depuis son arrivée. Même le canapé bleu ne peut plus supporter le poids des heures. « Je veux que ma mère pense que je suis très occupée », s'est-elle répété en refusant de lui téléphoner.

L'autobus 18 relie le centre-ville au quartier français en quinze minutes. On l'attrape sur l'artère principale, au milieu de mendiants qui réussissent à se maintenir dans un état de perpétuel égarement. En montant dans le 18, Geneviève précise au chauffeur : « *I am going at the corner of des Hérons* ». Le chauffeur mâchonne un bout de papier, le regard porté sur l'horizon, ce qui est très loin. Elle se demande s'il l'a entendue, s'il l'a comprise, si elle peut avancer ou si elle doit répéter son indication. Le malaise qu'elle ressent la rapproche tout à coup de tous les humains minoritaires de la planète, en situation constante de fragilité, de dépendance, d'inégalité. Deux personnes attendent derrière elle. Elle baisse les yeux et pose un pied dans l'allée. « Je ne l'ai pas dit assez fort. Pourtant, j'avais pratiqué. » Mais le visage du chauffeur s'éclaire soudain et il tourne la tête en sa direction :

— *Oh ! you mean : Desserronz Street ?* fait-il sur un ton amical.

— *Y-y-yes*, dit Geneviève, qui ne reconnaît pas le nom.

— *No prob'm*, dit le chauffeur, avec un ample sourire. *'Tell you when we get there.*

Geneviève s'installe sur le siège juste derrière lui et espère qu'il l'a vue. S'il ne crie pas bien fort ou s'il ne se retourne pas pour s'adresser précisément à elle, elle ratera sa sortie. Elle soupire d'impuissance. Si le professeur d'anglais de l'école secondaire avait été moins francophone, elle se débrouillerait sans doute mieux aujourd'hui.

L'autobus franchit un pont en arc pour emprunter un boulevard poussiéreux. Des commerces fermés ou en mauvais état se succèdent entre des rues transversales aux noms français qui défilent très vite.

En songeant à l'emplacement du *Franco*, depuis le sous-sol de ses parents, Geneviève avait plutôt imaginé une rue bordée d'arbres et de maisons centenaires, perdue dans les champs. Elle a lu *Rue Deschambault* à l'école secondaire, comme tous les jeunes du Québec, sans savoir qu'il existait vraiment une région M. C'est lorsqu'elle a annoncé son départ pour l'Ouest que son père lui a rappelé la rue Deschambault. « Tu iras fouler le gravier de ce chemin célèbre », lui a-t-il fait promettre. Or, en ce moment, rien ne s'offre à ses yeux qui ressemble de près ou de loin à la rue habitée par la gentille Christine et les deux nègres.

« Deeeeesserronnz Streeeet ! » annonce bravement le chauffeur, qui prend soin d'immobiliser complètement le véhicule. Elle jette un œil par la fenêtre et se demande où et comment elle pourra franchir à pied cette autoroute pétulante sans se faire broyer le corps. Le *Franco* est de l'autre côté.

24 juin

L'été va lentement filer et aucune candidature n'a encore été reçue. Les journalistes ont la manie, au *Franco*, de jeter l'éponge juste avant les vacances, ce qui complique joliment le recrutement d'un nouvel employé.

Denise tente de transférer un appel à Mélanie Lavoie, la journaliste déserteur du *Franco*, mais sa ligne est en mode « ne pas déranger ». Elle se rend en personne au bureau de sa collègue pour voir un peu ce qui peut l'occuper autant à deux jours de son départ. Elle la trouve à quatre pattes sur le tapis bleu, résolue à débarrasser son étagère de toutes les éditions du *Franco* d'avant 2000, de livres désuets sur le communiqué et la conférence de presse, de boîtes de courriels imprimés. Mille feuilles de papier jonchent le sol.

— Mélanie, voici une fille qui appelle du 450. Elle est intéressée dans ton poste. J'ai pensé que tu pourrais nous aider avec ça et lui vendrrre un peu de salade ? Prends-tu la ligne ?

La journaliste se rassied sur ses talons et lève les yeux au plafond. La roue continue de tourner dans le vide et la boucle se boucle. Pourquoi ont-ils une fois de plus affiché le poste à l'extérieur de la région ? Il faut attirer un jeune d'ici, l'entraîner, lui donner sa chance. Il faut ouvrir une école de communication, faire du porte-à-porte pour trouver un instructeur, du bouche-à-oreille pour attirer des étudiants… Enfin. Elle décroche le combiné.

— Allô ?

— Allô. J'ai tenté ma chance. Ce n'est pas un jour férié, aujourd'hui, dans la région M ?

Encore une qui croit que le Québec est le centre du monde.

— Non, pas ici. Et il y a beaucoup à couvrir. On célèbre la Saint-Jean partout au pays, tu sais.

Mélanie repense en souriant aux petites fêtes de village mal organisées qui ont tant déçu ses attentes l'année précédente.

— J'ai un bac en communication, poursuit l'autre. Je n'ai pas d'emploi en ce moment et j'ai vu que vous cherchiez quelqu'un.

— Es-tu déjà venue ici ?

— Non.

— Je ne sais pas quoi te dire. Tu peux bien venir, j'imagine que tu ne seras pas plus mauvaise qu'une autre.

— Est-ce que c'est... intéressant ?

— La *job* est facile. Nos lecteurs raffolent des journalistes. Ils aiment tant se voir dans le journal. C'est comme une preuve de leur existence. Ou une façon de se donner des nouvelles entre eux. Tu feras partie de la famille. Tu auras ta permanence et cinq semaines de vacances. Pour le reste, eh bien, il y a de grands arbres dans le quartier et un lac à une heure d'ici, dit-elle en laissant fuir son regard par la fenêtre. En fait, je te répète ce qu'on m'a dit avant que j'arrive.

— Est-ce que vous payez le déménagement ?

La question ne semble pas déplacée.

— Oui, madame ! Et on donne une prime d'incitation de 2000 $. Tu arrives quand ?

— Bien, à la fin de l'été, le temps de préparer mes affaires.

« Oh ! le pauvre Festival d'été, culpabilise l'autre. Sans article dans le *Franco*, c'est la banqueroute assurée. Et Francine qui s'éternise avec ses bessonnes à la maison… »

— Ça laisse un trou de deux mois au journal, c'est beaucoup, proteste-t-elle. Mais j'imagine qu'on n'a pas le choix. Il faudra que tu confirmes avec Liza, la patronne. Arrive en forme, car les résultats du dernier recensement vont sortir fin août et ce sera la commotion, ici.

— Ah oui… l'assimilation.

Faux pas.

— On n'utilise pas le mot assimilation, ici. On reste positif. Bon, c'est quoi ton nom ?

— Geneviève. Geneviève Morin.

EN FORMAT DE POCHE
aux Éditions Triptyque

Andrès, Bernard. *Les Mémoires de Pierre de Sales Laterrière suivi de Correspondances* (éd. commentée), 2003, 320 p.

Beausoleil, Jean-Marc. *Blanc Bonsoir*, 2012, 194 p.

Cloutier, Annie. *La chute du mur* (roman), 2010, 317 p.

Des Rosiers, Joël. *Métropolis Opéra suivi de Tribu* (poésie), 2001, 192 p.

Des Rosiers, Joël. *Savanes* (poésie), 2007 (1993), 101 p.

Desrosiers, Sylvie. *Bonne nuit, bons rêves, pas de puces, pas de punaises* (roman), 1998, 201 p.

DesRuisseaux, Pierre. *Pop Wooh, le Livre du temps. Histoire sacrée des Mayas quichés* (essai), 2002, 252 p.

DesRuisseaux, Pierre (sous la dir. de). *Hymnes à la Grande Terre. Rythmes, chants et poèmes des Indiens d'Amérique du Nord-Est* (poésie), 1997, 265 p.

Dudek, Louis. *Dudek, l'essentiel* (poésie), 1997, 236 p.

Dugas, Marcel. *Psyché au cinéma* (poèmes en prose), 1998, 104 p.

Gagnon, Daniel. *Loulou* (roman), 2002, 158 p.

Giroux, Robert. *Soleil levant précédé de Gymnastique de la voix* (poésie), 2004, 119 p.

Gobeil, Pierre. *La Mort de Marlon Brando* (roman), 1998, 135 p.

Gosselin, Michel. *Le Repos piégé* (roman), 2000, 188 p.

Jacob, Diane. *Le vertige de David* (roman), 2007, 152 p.

Layton, Irving. *Layton, l'essentiel* (poésie), 2001, 195 p.

Moutier, Maxime-Olivier. *Risible et noir* (récits), 1998, 164 p.

Moutier, Maxime-Olivier. *Marie-Hélène au mois de mars* (roman), 2001, 218 p.

Nelligan, Émile. *Poésies* (poésie), 1995, 303 p.

Patenaude, Monique. *Made in Auroville, India* (roman), 2009 (2004), 251 p.

Poitras, Marie Hélène. *Soudain le Minotaure* (roman), 2009 (2006, 2002), 152 p.

Poitras, Marie Hélène. *La mort de Mignonne et autres histoires* (nouvelles), 2008 (2005), 200 p.

Vaillancourt, Claude. *Le Conservatoire* (roman), 2005, 196 p.

Tous les livres des Éditions Triptyque sont désormais imprimés sur du papier 100 % recyclé postconsommation (exempt de fibres issues des forêts anciennes) et traité sans chlore.

L'impression de *La maudite Québécoise* a permis de sauvegarder l'équivalent de 6 arbres de 15 à 20 centimètres de diamètre et de 20 mètres de haut. Ces bienfaits écologiques sont fondés sur les recherches effectuées par l'Environmental Defense Fund et d'autres membres du Paper Task Force.

Marquis imprimeur inc.

Québec, Canada

2012